光文社文庫

長編時代小説

冬桜

隅田川御用帳㈥

藤原緋沙子

光　文　社

※本書は、二〇〇三年十二月に
廣済堂文庫より刊行された
『冬桜　隅田川御用帳〈六〉』を、
文字を大きくしたうえで、
さらに著者が大幅に加筆したものです。

目次

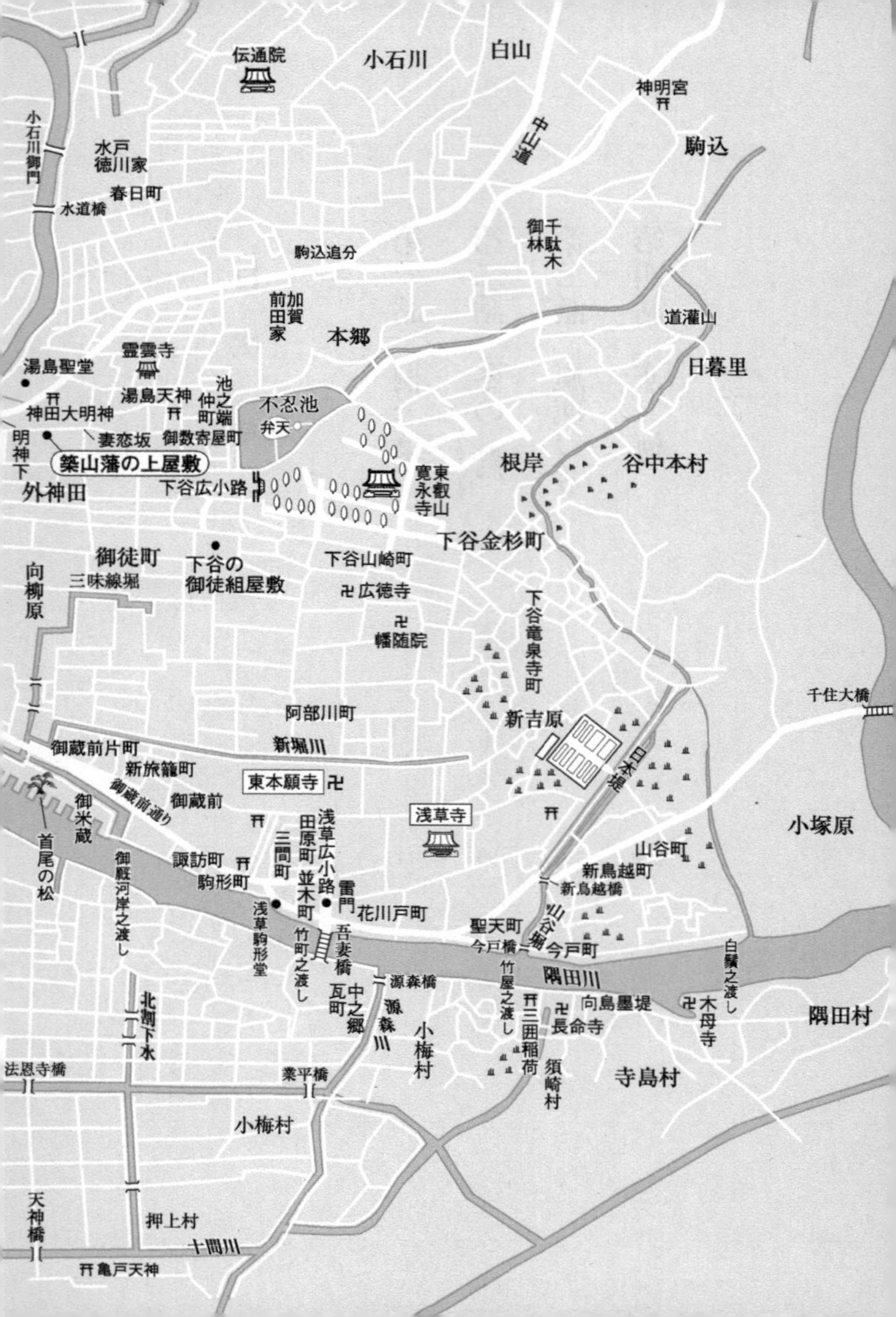

伝通院
小石川
白山
神明宮
中山道
駒込
小石川御門
水戸徳川家
春日町
水道橋
千駄木
御林
駒込追分
加賀前田家
本郷
道灌山
霊雲寺
湯島聖堂
日暮里
湯島天神
池之端仲町
不忍池
神田大明神
弁天
明神下
妻恋坂
御数寄屋町
根岸
谷中本村
築山藩の上屋敷
東叡山寛永寺
外神田
下谷広小路
下谷金杉町
御徒町
下谷の御徒組屋敷
下谷山崎町
向柳原
三味線堀
広徳寺
下谷竜泉寺町
幡随院
千住大橋
阿部川町
新吉原
御蔵前片町
新堀川
日本堤
新旅籠町
東本願寺
御蔵前通り
御蔵前
御米蔵
浅草寺
首尾の松
浅草広小路
田原町
三間町
小塚原
山谷町
御厩河岸之渡し
諏訪町
新鳥越町
駒形町
新鳥越橋
雷門
並木町
花川戸町
浅草駒形堂
山谷堀
聖天町
吾妻橋
竹町之渡し
今戸橋
今戸町
白鬚之渡し
隅田川
中之郷瓦町
源森橋
竹屋之渡し
向島墨堤
木母寺
隅田村
源森川
三囲稲荷
長命寺
小梅村
須崎村
北割下水
寺島村
法恩寺橋
業平橋
小梅村
天神橋
押上村
十間川
亀戸天神

『隅田川御用帳』の世界
麹町
千鳥ヶ淵
番町
田安御門
半蔵御門
西之御丸
虎之御門
外桜田御門
新シ橋
雉子橋御門
一橋御門
江戸城
和田倉御門
猿楽町
南町奉行所
幸橋
土橋
北町奉行所
富士見坂
汐留橋
数寄屋橋御門
呉服橋御門
常盤橋御門
神田橋御門
←至大森・六郷の渡し
濱御殿
水谷町
竜閑橋
昌平橋
鍛冶町
平永町
京橋
数寄屋町
伊沢道場
築地の浴恩園
西本願寺
木挽町
平松町
今川橋
日本橋
室町
岩本町
内神田
神田相生町
佐久間河岸
楓川
本船町
大伝馬町
小伝馬町
亀井町
神田川
弾正橋
八丁堀
海賊橋
江戸橋
堀江町
通油町
柳原通
八丁堀組屋敷
水谷町
坂本町
中之橋
長谷川町
富沢町
馬喰町
神田佐久間町
小網町
日本橋川
汐見橋
通塩町
横山町
浅草橋
稲荷橋
船松町
一ノ橋
高橋
新川
南新堀町
行徳河岸
栄橋
両国広小路
米沢町
佃島
霊岸島
箱崎町
行徳川
浜町堀
十四郎の住む長屋
薬研堀
柳橋
二ノ橋
石川島
永代橋
両国橋
隅田川
熊井町
佐賀町
今川町
上之橋
万年橋
新大橋
尾上町
元町
一ツ目之橋
三ツ屋
万年町
橘屋
慶光寺
海辺大工町
六間堀
要津寺
松井町
相生町
松坂町
回向院
御竹蔵
越中島
永代寺門前山本町
高橋
中ノ橋
常盤町
海辺橋
松井橋
二ツ目之橋
仙台堀
深川
弥勒寺橋
深川元町
五間堀
南割下水
蓬莱橋
富岡八幡宮
浄心寺
霊巌寺
小名木川
本所
東平野町
竪川
亀久橋
吉岡橋
吉永町
雲光院
芝翫河岸
三ツ目之橋
洲崎
木場
新高橋
入江町
三笠町
横川
猿江橋
南辻橋
亀戸村
長崎橋
西
南
北
東
猿江町
御材木蔵
清水橋
横十間川
0
1km

慶光寺配置図

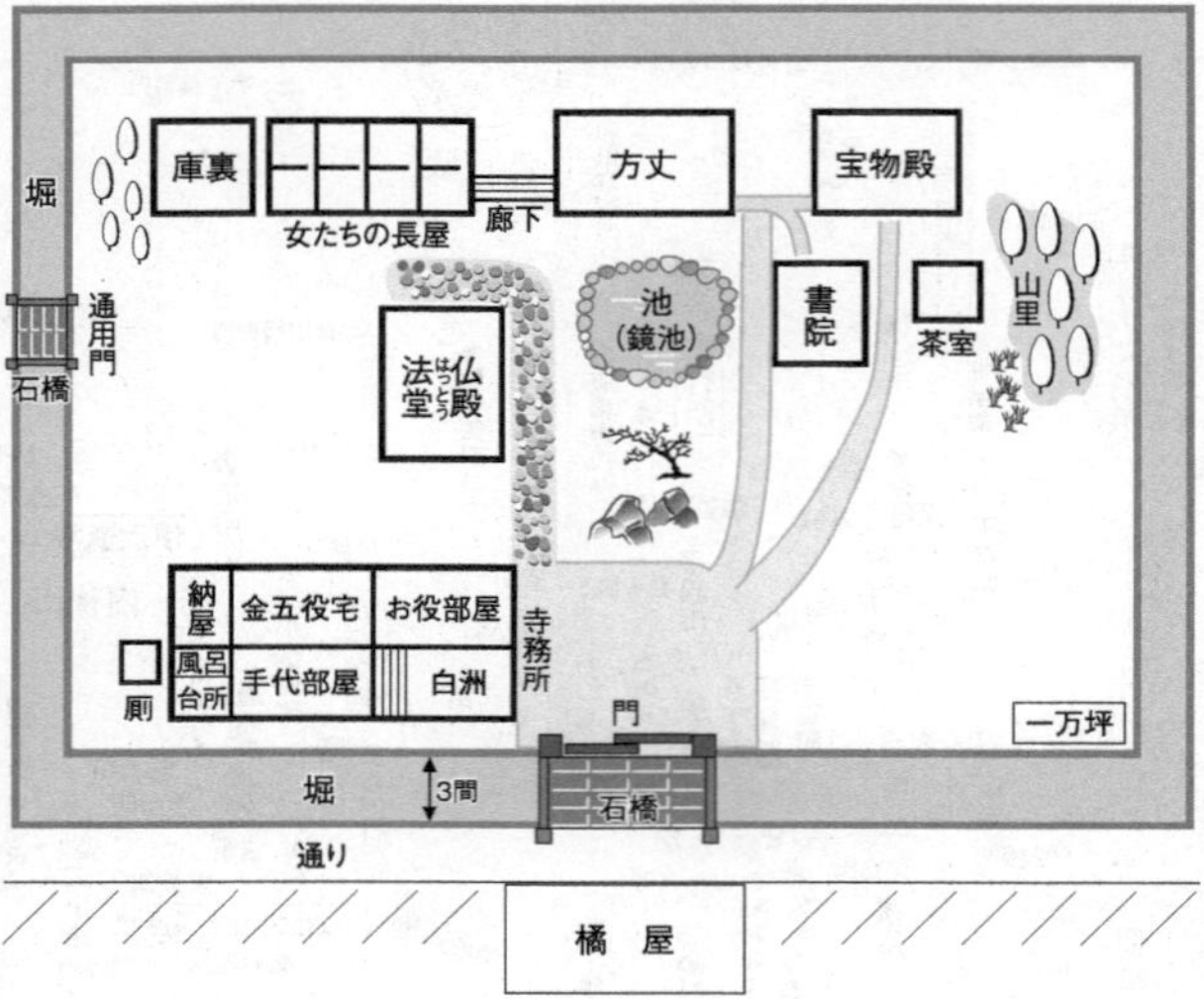

方丈《ほうじょう》　寺院の長者・住持の居所。

法堂《はっとう》　禅寺で法門の教義を講演する堂。他宗の講堂にあたる。

庫裏《くり》　寺の台所。住職や家族の居間。

「隅田川御用帳」シリーズ　主な登場人物

塙十四郎　築山藩定府勤めの勘定組頭の息子だったが、家督を継いだ後、御家断絶で浪人に。武士に襲われていた楽翁を剣で守ったことがきっかけとなり「御用宿　橘屋」で働くことになる。一刀流の剣の遣い手。寺役人の近藤金五はかつての道場仲間。

お登勢　橘屋の女将。亭主を亡くして以降、女手一つで橘屋を切り盛りしている。

近藤金五　慶光寺の寺役人。十四郎とは道場仲間だった。

藤七　橘屋の番頭。十四郎とともに調べをするが、捕物にも活躍する。

万吉　橘屋の小僧。孤児だったが、お登勢が面倒を見ている。

お民　橘屋の女中。

おたか　橘屋の仲居頭。

八兵衛　塙十四郎が住んでいる米沢町の長屋の大家。

松波孫一郎　北町奉行所の吟味方与力。金五が懇意にしており、橘屋ともいい関係にある。

柳庵　橘屋かかりつけの医者。本道はもとより、外科も極めている医者で、父親は表医師をしている。

万寿院（お万の方）　十代将軍家治の側室お万の方。落飾して万寿院となる。慶光寺の主。

楽翁（松平定信）　かつては権勢を誇った老中首座。隠居して楽翁を号するが、まだ幕閣に影響力を持つ。

冬桜

隅田川御用帳（六）

第一話　桐一葉

一

秋雨は、ひとしきり降って止んだ。まばらだった両国橋《りょうごく》に、再び人の波が繰り出してきた時だった。

「母上……」

母の袖にぶら下がるようにして歩いてきた幼い男児が、摑《つか》んでいた手に力を込めた。一見するに年の頃は四つか五つ、遠慮がちに、呟《つぶや》くような声を上げた。

その、掬《すく》い上げるように見た視線の先には『丸焼き八里半』の提灯《ちょうちん》をしっかりと捉えていた。

丸焼き八里半とは、焼き芋の代名詞である。手押し車に焙烙《ほうろく》鍋を載せ、鍋の中に焼いた芋を並べた『焼き芋屋』が、対岸から渡ってくるところであった。

焼き芋屋は、背後に、秋の照り映えを背負っていた。

ひと雨ごとに寒さが身に沁《し》みる晩秋の日の七《なな》ツ（午後四時）過ぎ。煙雨に襲われ、薄墨色に包まれていた両国橋の両岸は、ひととき、落陽の余映を受けて、黄や赤に染め上がった木々の帯が布を水に晒《さら》したような瑞々《みずみず》しい景観を見せていた。

だが、母の袖を引く幼い男児も、袖を男児に預けている母親も、そんな風情《ふぜい》にとらわれる余裕など、少しもないように見受けられた。

粗末な着物に、先ほどの雨に濡れたらしい古い草鞋《わらじ》を引きずって、数歩先を行く浪人に遅れまいとして黙然《もくねん》と歩んでいた。

そこへ、焼き芋屋が、橋の上に香ばしいかおりを振りまいて近づいてきたのである。

「母上……」

今度は、はっきりとした声で、男児は母を見上げて袖を引いた。

「幸太郎《こうたろう》……」

母は、男児に厳しい顔を向け、首を左右に振ってみせた。男児は失望と悲しみに同時に襲われたような顔をして俯《うつむ》いた。

すると、先を歩いていた浪人が振り返った。

浪人は、削《そ》げ落ちた頬に、暗い影を宿した瞳で、ほんのしばらく男児を見詰めていたが、

「おいもでホイ、ほっこりホイのホイ。上方から参りましたおいもでホイ」

という焼き芋屋の声に振り返ると、

「焼き芋屋」

通り過ぎようとした焼き芋屋を呼び止めた。

「へい、毎度ありがとうございやす。おいくつ、いたしやしょうか」

「ひとつでいい、いくらだ」

言いながら巾着を出した。

「八文でございやす」

「八文……」

「へい」

浪人は薄っぺらい巾着の中を探っていたが、

「すまぬ」

巾着を懐に戻すと、行けっ、というように手を振った。

「よろしいんで……」

焼き芋屋は、じっと自分の方を見詰めている幸太郎に、気遣うような視線を送った。

「いいから、行け」

「へい」

焼き芋屋は行きかけた。

と、幸太郎が泣き出した。

歯を食いしばって浪人を見詰めたまま、絞るような泣き声を上げた。

「幸太郎」

浪人は、厳しい声で睨《ね》めつけた。

すると、焼き芋屋が立ち止まって浪人親子に視線を戻すと、ふっと何か、思いついたような顔をして引き返してきた。

「旦那。どうぞお一つ、おぼっちゃまに差し上げて下さいませ」

焙烙鍋から焼き芋を一つ取り出すと、浪人の前に差し出した。

「いらぬ、去れ」

「しかし旦那、可哀相じゃありませんか」

「施《ほどこ》しはいらぬ」

「焼き芋一つじゃありませんか。あっしが町人、それも焼き芋売りだからでしょうか。そんなかたっ苦しいことをおっしゃらなくても……いえね、あっしにも似たような年頃の坊主がおりますんで……ですからあっしは、可愛いおぼっちゃまに食べていただけたら、嬉しいんでございやすよ」

「町人、浪人だと思って愚弄《ぐろう》するのか。これ以上、余計な振る舞いをするのなら、捨て置かんぞ」

　腰の刀に手を添えた。

「とんでもございません。お気に障りましたら、どうぞご勘弁下さいませ」

　焼き芋屋は、慌てて車を押して立ち去った。

「幸太郎、来い」

　浪人は、幸太郎の襟首を引っ摑んだ。

「お許し下さいませ、父上。幸太郎が悪うございました……父上」

　幸太郎は、引きずられながら泣き叫ぶ。

「浪人とはいえ武士は武士ぞ……お前は武士の子ぞ。芋一つを欲しいと、人様の面前で涙を見せるとは……世間は許しても、この父は許せぬ。二度と腹の空かぬようにしてやるから、そこに直れ」

欄干《らんかん》の前に幸太郎を引き据えると、小刀を引き抜いた。

橋の上にはどよめきが走り抜けた。すると、瞬《またた》く間に三人を取り囲むように野次馬の垣根ができた。

「あなた……旦那様、お待ち下さいませ」

母親が走りよって、幸太郎の前に膝をついた。

「退《ど》け、織江《おりえ》」

「退きませぬ。幸太郎の罪はわたくしの罪。幸太郎を斬るのなら、わたくしも一緒にご成敗《せいばい》下さいませ」

「織江……」

「私は、つれづれに考えて参りました。私も幸太郎も、あなたにとっては足手まとい。いずれ、どこかで、自身でこの身に決着をつけようと覚悟しておりました」

織江は幸太郎を抱きすくめると、きっと浪人を見上げて言った。

辺りは、緊迫した空気に包まれた。

「退かぬというか、お前は……」

「はい……私も幸太郎も、ここで命を落とそうとも、少しも後悔は致しません。それどころか、私にとりましては、あなたは誇りでございました。幸太郎は自慢の息子でございました。織江は幸せでございました。この上は、あなた様のご武運を、あの世からお祈り致します……さあ、幸太郎、母と一緒ならば、何も怖いことはありませんよ」

織江は、幸太郎を抱き寄せると、自身の掌で幸太郎の両目を塞《ふさ》ぎ、座り直して静かに目を閉じた。

「許せ……織江」

浪人は小刀を引き寄せると、摑んでいた手に力を込めた。

その時、浪人の手首を、横合いからぐいと摑んだ者がいる。

「待て」

「何をする」

浪人が振り返った。

長身の、着流しの男が、厳しい顔を向けていた。

塙《はなわ》十四郎《じゆうしろう》だった。

「どんな事情があるのか知らぬが、往来で妻子を殺すなど、許されぬ。俺が許さん」

厳しい目で見据えると、素早く浪人の手にあった小刀をもぎ取った。

「貴様……」

浪人は立ち上がると、大刀の柄《つか》に手を添えた。だが、それを引き抜くより早く、十四郎の鉄扇が、浪人の手の甲を打ち据えていた。

「皆が見ておる。おぬし、俺には勝てぬぞ」

手の甲を押さえたまま、きっと睨《にら》んだ。

浪人は息を呑んだまま、睨んできた。しばらく、その姿勢のままで、二人は睨み合っていた。しかし、十四郎の気迫に押されて、寸分も動かせないと知った浪人の顔が蒼白になり、やがてその額に冷や汗が滲《にじ》みはじめたその時、突然織江が懐剣を引き抜いた。

「およしなさいまし」

走り込んできたお登勢《とせ》が、織江の手首を摑んでいた。

「お放し下さいませ、後生《ごしょう》でございます」

「いったい、どうなさるというのですか」

「死なせて下さいませ……夫の意のままに」

織江は、切ない声で訴えた。

「いいえ、放しません。お武家の道を知らないわけではございませんが、焼き芋一つで母と子が命を落とさなければならぬなどと、わたくしには到底承知できません。ここはひとつ、私たちの意をお汲み下さいませ。どうしても死ぬのだとおっしゃるのなら、今日でなくても、この場所でなくてもよろしいのではございませんか。私が拝見するに、あなたとお子が死ねば、ご主人様もきっと生きてはおりませんよ」

お登勢の言葉に織江は、はっとして、浪人を見た。

「あなた……」

浪人は、顔を背けて唇を嚙んだ。

お登勢は、浪人と織江に、交互に目を遣りながら、目の前にいるお人は塙十四郎というお方で、自分は縁切り寺『慶光寺《けいこうじ》』の御用を務める『橘屋《たちばな》』の主でお登勢という者だと言った。

十四郎もお登勢も、慶光寺の御用を終えて、橘屋に引き返すところであった。

半色《はしたいろ》の鮮やかな紫の縮緬《ちりめん》の小袖に、黒繻子《くろじゅす》の帯をきりりと締めたお登勢の姿は、織江を圧倒していた。

「これも何かの御縁、一緒に参られよ」

十四郎は鉄扇をおさめると、幸太郎に近づいて、すいとその体を抱き上げた。

「幸太郎殿と申されるのだな」

「はい」

幸太郎は、小さいがしっかりとした声を上げ、黒くて汚れのない潤んだ瞳で、十四郎をじっと見た。

「よいお子だ」

十四郎は、幸太郎の頬に残った涙の跡を拭ってやった。指に、柔らかな皮膚の感触が伝わってきた。いたいけな子のいじらしい訴えを聞いたような、そんな気がした。

——触れるだけでも儚《はかな》げなこの子の命を、なぜ奪う……。

十四郎は、幸太郎を抱いたまま、織江を、そして浪人を見返した。

戸惑いを浮かべたような顔をして浪人は目を伏せた。織江は、悲しげな目を見開いて、じっと十四郎を見詰めていた。

十四郎はくるりと二人に背を向けると、幸太郎を片腕に乗せたまま、踏み出した。

「母上……」

幸太郎は心細げな声を出したが、十四郎の腕を嫌がっているのではなかった。十四郎の首にしがみついてきた。

「幸太郎……」

後ろから幸太郎を追っかけてくる声が聞こえてきたが、十四郎は構わず、ずんずん橋を渡っていった。

「ここは遠慮のいらぬところだ。同じ浪人同士だ。話してみないか、力になれるものならと思っているのだ」

十四郎は、橋屋の奥座敷、お登勢の居間になっている仏間で、浪人親子を前にして、水を向けてみた。

傍にはお登勢も座していて、座敷の中には火鉢にかけた鉄瓶が、温かい湯気をあげていた。

幸太郎は食事をすませると、早々に居眠りを始めてしまって、お登勢はすぐに女中のお民《たみ》に綿入れの半纏《はんてん》を用意させた。先程から幸太郎は、その半纏にくるまれて、織江の膝元で眠っている。

「小田島《おだじま》様……他言《たごん》は致しませんよ」

お登勢も促した。

浪人は小田島右近《うこん》と名乗っていた。

だが、小田島はお登勢が勧める夕食になかなか手をつけようとはしなかった。

そこでお登勢が、食事代は府内に逗留《とうりゅう》する間に働いて、それで払っていただければよいのだと諭し、ようやく箸を取ったような有様だった。

貝のように心を閉ざし、まして自身が背負っている事情など、他人に告白しようなどという気は、少しもないようである。

小田島は両国橋での騒動を中断させられた後である。素直に話をする気持ちになれないのも分からない訳ではないが、十四郎やお登勢の問いかけにも、ただ口を引き結んで座っていた。

年の頃は三十四、五かと思われた。目尻がきゅっと引き締まり、聡明《そうめい》な感じのする男であった。だがその聡明さの中の、どこか深いところで、頑なで融通のきかない性格を作り上げているようだった。おそらくそれは、長い浪人生活に起因しているのではないかと、十四郎は考えていた。

一方の妻の織江は痩せていて、それがために一見余裕のない性格のようにも見受けられたが、一言二言交わしてみると、もともとはおっとりとした、温良な人のようだと感じられた。

ところがこの織江も、食事の礼を丁寧にお登勢に述べた後は、ずっと夫を見守るように黙って寄り添って座っていた。

「人には話せぬ深い事情があるようですな、お登勢殿」

十四郎は手を焼いて、お登勢の顔を見た。

お登勢も困惑した様子を見せて、

「無理にとは申しません。お話しできないのなら、それはそれで……いずれに致しましても、しばらくこの江戸でお過ごしなさいませ。体も心も養生されて、また旅にお出かけ下さいまし」

お登勢は、小田島夫婦に静かに語りかけた。

「重ね重ね、申し訳ございません」

織江はそう言うと、目を落として、寝息を立てている幸太郎の顔を見遣った。

親を信頼するしかない幼子は無防備である。幸太郎は数刻《すうとき》前に父に命をとられようとしたことなど忘れたかのように、安らかな寝息を立てていた。

織江はふっと、幸太郎を見詰めていた目に袖をあてた。愛しさが胸に迫ったようである。

その時だった。

「何しているの、こんなところで」

突然、仏間の外でお民の声がした。

「おいら、幸太郎様にごん太を見せてやりたくって待ってるんだ」

万吉《まんきち》の声だった。

万吉はまだ十歳の橘屋の小僧である。浅草寺《せんそうじ》に捨てられていたのをお登勢が連れてきて、橘屋で小僧として育てていた。

ごん太というのは、橘屋の飼い犬だが、この犬も、ある事件がきっかけで、ずいぶん前から橘屋の一員となっていた。親の顔を知らない万吉の慰めになればというお登勢の計らいだった。

以来、万吉はごん太を弟のように可愛がっている。そのごん太を、万吉は幸太郎に見せてやりたいと思ったようだ。そうすれば幸太郎が喜んでくれる、元気も出るだろうと、万吉は万吉なりの気配りをしようとしたのである。

「何言ってるの。幸太郎様はもうお休みになられましたよ。むこうに行っていらっしゃい」

お民の咎《とが》める声がした。

「ちぇ……」

「ちぇじゃないでしょ。それにあんたは、お客様の草鞋の埃《ほこり》を落としたり、まだまだお仕事残ってるでしょ。幸太郎様と遊ぶのは明日にしなさい」

まるで姉さんのような口調だった。

万吉の落胆した小さな足音が遠ざかると、お民が、

「ごめん下さいませ。お茶をお持ちいたしました」

澄ました顔で入ってきた。

「お民ちゃん、聞こえてましたよ」

お登勢が、苦笑した目でお民を見た。

「すみません。でもお登勢様、万吉ちゃんは厳しく言わないと、すぐになまけるんですもの」

そう言うお民も、女中の仲間内では若くてまだ下っぱで、先輩女中には頭の上がらない立場にあった。

お民が、口をとんがらせて訴えるように言ったことから、部屋の中には和やかな微笑が漏れた。

思いがけず、橘屋の温かいもてなしが、女中や小僧にまで行き届いているのを知った小田島と織江の顔から、硬い表情が取れていた。

はたして小田島は、お民がお茶を置いて引き下がると、

「かたじけない。この通りだ」

頭を下げた。

「小田島様、お手をお上げ下さいませ」

「お心遣いに応えて、それがし、お二人に手前どもの事情をお話しするのが筋ではござるが、どうかお許し願いたい。それがしは、浪人となって五年になります。路銀《ろぎん》はとうに使い果たして、近頃では親子三人、糊口《ここう》を凌《しの》ぐのさえ事欠く有様。お二人に、あの橋の上で巡りあわなかったら、妻子を斬り捨て、自身もすぐに自害するつもりでござった。しかし、お二人の申される通り、今一度、命をつなぐ手段を考えてみてもいいのではないかと……」

「それが良い。小田島殿の住まいも、この宿の近くの裏店《うらだな》で引き受けてもらえるよう、こちらの番頭の藤七《とうしち》が交渉に走っておる。安心して任せられよ」

十四郎は言い、ほっとした顔でお登勢と見合った。

「織江様、明日は忙しくなりますよ。台所の道具や夜具は、うちの者に用意させ

ます。そうそう、さきほどこちらにお茶を運んで参りましたお民にお手伝いさせましょう」

お登勢は努めて弾んだ声で織江に言った。

「きっと、このご恩は……」

織江は、潤んだ目をお登勢に向けた。

事情の一つもまだ告げていない身勝手な自分たちに、十四郎とお登勢の心配りは身に沁みて、織江は戸惑いながらも胸を熱くしたようだった。

「さて、そうと決まりましたら、今夜はこの橘屋で、ゆっくり、旅の疲れを癒して下さいませ。あいにく客間は塞がっております。小さなお部屋ですが、いますぐに用意させます」

「ご造作《ぞうさ》を、おかけします」

織江は、深々と頭を下げた。

二

十四郎は、明《あけ》六ツ（午前六時）の鐘を聞いてまもなく、厠《かわや》に立った。

底冷えがすると思ったら、長屋の真ん中を走っている路地にも溝板《どぶいた》にも、うっすらと白いものがこびりつくように覆っていた。

初霜だった。例年よりずいぶん早いなと思った。

氷室《ひむろ》に入ったような、身の引き締まる冷たさである。

――これで、色づいたばかりの紅葉《もみじ》は一気に落葉するに違いない。

お登勢が、そのうちに紅葉狩りに行きたいなどと言っていた望みは潰《つい》えたことになる。

落胆するお登勢の顔が目に浮かんだ。

さて、顔を洗って飯の支度でもするか……と思ったが、井戸端で手を洗ったところで止めた。水が冷たい。一人暮らしだ、決まったように起きることもない、と考えを変えた。

結局、火を熾《おこ》すのも面倒くさくなって、また、夜具の中に潜り込み、再び目が覚めたのは、井戸端の女たちの遠慮のない声に襲われたからだった。

特に差し向かいの鋳掛《いか》け屋の女房おとくの声は、野太《のぶと》いうえにけたたましい。

おとくは、木戸から入って三軒目に住んでいたおすまという女が、突然引き払っていなくなったが、私に何の挨拶もなく消えてしまったのだと、井戸端で作業する女たちに言いつのり、それが終わると、おすまの行き先の詮索《せんさく》に女たちを引きずりこんで、話はいっそう盛り上がっていた。

「どこかの後妻さんにでもなったんじゃないの」

　誰かが言うと、すかさずおとくが、

「まさかあ……あの器量《きりょう》だよ。年も年だし、貰い手があったのかね」

　自分の器量は棚に上げて、さも、おすまが特別不器量だったというような言い方をした。

「でもさ、蓼《たで》食う虫も好き好きってこともあるでしょ」

「まあね、人は見かけによらないっていうからね。おすまさん、あれで結構《つ》あっちの方が良かったのかもしれないね」

　おとくのその言葉で、女たちはくすくす笑った。

「あら、おとくさん、あっちってなんのことよ」

　横から、別の女が怪訝《けげん》そうな声で聞いた。

「いやだあんた、とぼけちゃって。このかまとと」

　おとくは冗談っぽく言った。それでまた井戸端はどっと沸いた。

　――まったく、もう寝ていられそうもないな。

十四郎は、のそりと起きた。

ここの裏店の女たちは、遠慮というものがない。いい時はいいが、ひとつ間違えば声高《こわだか》に非難する。十四郎なども無遠慮なおとくに、なにかとお節介《せっかい》をやかれて閉口する時がある。

まあ、それでも、それが長屋の良さなのかもしれないと思い直して、十四郎は夜具の上から手を伸ばし、脱ぎ捨ててあった着物を引き寄せた。

と、急に女たちの声が止んだ。おやっと思ったら、

「十四郎様、いらっしゃいますか」

戸口で橘屋の番頭、藤七の声がした。

「いるぞ。入ってくれ」

十四郎が急いで着物を引っかけて板間に出ると、暗い顔をした藤七が入ってきた。

通常、橘屋からの使いは万吉と決まっている。それが、万吉ではなく藤七が顔を出したことで、十四郎は嫌な予感に襲われていた。

「すまぬな。まだ火も熾しておらぬ」

「いえ、そんなことは……それより十四郎様。すぐに、橘屋に出向いて下さいま

せ」

「何かあったな」

「はい。小田島様が妻子を置き去りにして、姿を消しました」

「何、いつだ」

「今朝です。織江様には仕事を探しに行くと言って出かけられたようですが、どうやらそうではないようです。詳しいことは橋屋でお聞き下さいませ。私はこれから、いくつかあたってみようと思っています」

「承知した」

十四郎は、藤七を見送るとすぐに家を出た。

急ぎ足で深川《ふかがわ》に向かう十四郎の足元から、川風に乗って刺すような冷たい空気が襲ってきた。

季節は突然、秋に終わりを告げたようである。

それは、散り急いだ落葉が、まだ鮮やかな色のままで、風の気ままさに抗《あらが》おうとして、地を這《は》うように行きつ戻りつ動いているのを見ても分かった。

しがみつく木を失った落葉の末路……。乾いた音をたて放浪した揚げ句、かつての色を失い、人の視覚から忘却され、やがて地にへばりついて土となる。それはまるで、小田島や自分や、多くの浪人の最期をみるようだと、ふと思った。

――小田島右近……いったい貴公は、何をしようとしているのだ。

梢に一葉、散り残っていた桐の葉が、かさりと音を立てて落ちていったような、そんな不安感に十四郎は襲われていた。

どうあろうとも、小田島のことはもはや捨ておけぬ。

橘屋に急ぎながら、十四郎は人知れず固く心を決めていた。


「これが、小田島様の置き手紙でございます」

お登勢は、十四郎の膝前に黄ばんだ紙を置いた。お登勢の傍には織江が、白い顔をして座っていた。

幸太郎は裏庭で万吉と一緒にごん太と遊んでいるらしく、二人と一匹の弾んだ声が、三人が座す仏間まで聞こえていた。

十四郎は、紙を取って静かに開いた。

文は織江にあてて書かれたものだった。

考えることがあって宿を出る。お前たちをこれ以上巻き添えにはできぬ。私と夫婦になったばかりに苦労をかけたが許してくれ。お前たちの幸せを祈る。塙殿とお登勢殿には、お前からくれぐれもよろしく頼む——。

ざっとそういう意味合いの文章が、簡潔に、几帳面《きちようめん》な筆致で連ねてあった。

改めて置き手紙の紙を眺めてみると、一尺足らずの美濃《みの》紙の紙片だった。おそらく、急を要する折にと大切に懐に忍ばせていた紙らしく、黄色くなっているのはそのためで、節約に節約を重ねて旅を続けてきた一家の姿を見たと思った。

小田島は、残していた最後の紙片に、別れの言葉を記して消えた。

文面からも、二度と妻子の前に現れるつもりがないことは明らかだった。

お登勢は十四郎が読み終えるのを待って、ちらっと織江の横顔に視線を走らせた後、

「置き手紙に織江様が気づかれたのは、小田島様がお出かけになって、しばらく後のことでした。一応、藤七には口入屋《くちいれ》を当たるように頼んだのですが……」

と、今朝からの騒動を告げた。

織江は、お登勢の話を頭《こうべ》を垂れて聞いていた。静かな態度だった。一点を見詰めている表情は、案外に冷静に見えた。

「織江殿。昨日のことといい、死を決意したようなこの文といい、小田島殿にはいったい何があったのだ」

「……」

「織江殿」

十四郎の声は険《けわ》しかった。織江は、その声に促されて、白い顔を起こして見詰めてきた。

十四郎は息を呑んだ。織江の眸子《まなこ》は黒々と光り、目縁には今にも零れ落ちんばかりの水滴が揺れていた。

「塙様……夫は、小田島は、敵持《かたき》ちだったのでございます」

「やはり、そうでござったか……だからお国も、浪人になった仔細《しさい》も申されなかったのだな」

「申し訳ございません。実は、わたくしたちは、美山藩《みやま》を出奔《しゅっぽん》してきた者でございます」

「美山藩というと、備後国《びんご》の、あの美山藩でござるか」

「さようでございます。三万石の小さな支藩でございます。その支藩の山間《やまあい》の村で、小田島は郷方《ごうかた》の役人を務めておりました」

「ほう、郷方役人をな」

「はい……」

織江の話によれば、美山藩の郷方役人は、村の産物の成育の実情を見て回り、当年の年貢高を概算するのがお役目だが、それに加えて、石見《いわみ》銀お通りの折には、藩内を無事通過できるよう、その警護にも当たっていたのだという。

石見銀は『石州銀《せきしゅうぎん》』と呼ばれ、佐渡《さど》の金とともに、徳川幕府の財政を支えていた重要な銀である。

銀を搬送する行列が藩内を通る時、万一、不測の事態が起こったならば、藩の存亡にかかわる一大事となる。

それもあって、微禄ながら小田島たち郷方役人のお役目は、銀の行列が無事通過するまで、気の抜けない重責を担っていた。

この、銀のお通りは、幕領《ばくりょう》である石見の大森《おおもり》を出発点として、三泊四日の行程で中国山地を横断し、尾道《おのみち》に至るのだが、通称この道は『銀の道』と呼ばれていた。

運ばれる銀の量は年間にして、織江が人伝《ひとづて》に聞いた話では判銀《はんぎん》（幕府銀）も含め二百貫目《かんめ》近くではないかという。

銀は十貫目ずつ木箱におさめられ、馬の背に載せて輸送するのだが、荷駄《にだ》には葵《あおい》の御紋に『御用』と書かれた木札がつけられ、前後を代官所の役人が物々しく警護して運んでいた。

それに輸送経路である銀の道が藩内を通っている美山藩では、小田島のように藩命により『お銀様』通過を見守る武士《し》もいる訳だから、いっとき山間の村々では、たいへんな緊張を強いられる畏《おそ》れ多い行列となっていた。

「事件が起きたのは、五年前の夏でございました」

織江は、きっと十四郎を、そしてお登勢を見た。

その日も小田島は、石見の大森代官所からの伝令を受けて、当日藩内を銀行列が通過すると聞き、同僚たちと藩内の街道筋の警護に立った。

大森を二日前に出立《しゅったつ》した銀行列は、邑智《おおち》の粕淵《かすぶち》で昼食《ちゅうじき》をとり、江川《ごうのがわ》をのぼって浜原《はまはら》宿を左折、九日市《ここのかいち》の山村で一泊。翌日は赤名《あかな》から赤名峠を越え、備後国に入って三次《みよし》で二泊目の夜を過ごした。

美山藩は三泊目の宿となる甲山《こうやま》までの間にあり、農地が広がる藩内の間道が街道となっていて、銀はその道を運ばれていた。

美山藩の貧しい農民たちは、自分たちには生涯見ることさえない莫大な銀の行列を、畑仕事をしながら遠くから淡々として見送っていた。

藩内の、銀の道の通る村には米のできる田圃《たんぼ》が少ない。たいがいの農家は雑穀《ざっこく》を作り、楮《こうぞ》や三叉《みつまた》の紙漉《かみす》き原料を栽培したり、炭を焼いていた。

炭は赤名峠を越えて石見に運べば、紙と同じように銭になった。銀山で使う炭は、いつも不足気味だったからである。

しかし、いずれのどの産物も、それ一つで身過ぎ世過ぎができるというものではなくて、百姓は貧乏と背中合わせの生活を余儀なくされていた。

銀の道とは、いかにもその道近くに住む者たちまで、豊かな暮らしをしているような錯覚を受ける。だがその実は全く逆の、銀には最も縁のない者たちが暮らしているのであった。

その日も、定刻どおり銀行列は美山藩の街道に入ってきた。

ところが、銀行列を陣頭指揮してきた道中役人の頭《かしら》、尾藤唯之進《びとうゆいのしん》なる者が、突然腹痛を起こして馬の鞍《くら》から落ちた。

急遽《きゆうきよ》、近くの庄屋長兵衛《ちようべえ》の家が休憩所とされ、馬十頭、人足役人合わせて三十人ほどがしばらくの休憩を余儀なくされた。

村医者が呼ばれて応急の処置がされ、腹の痛みもおさまった一刻《いつとき》（二時間）ほど後に出立となったのだが、人足や役人の間から騒ぎが起こった。

休憩している間に、銀の箱一つがなくなったというのであった。

箱は休憩の間、馬の背から下ろされて一か所に集められていた。

庄屋の長兵衛は役人たちに気をつかって、小田島などとも相談の上、銀役人は座敷に上げ、人足たちは庭に敷いた茣蓙《ござ》の上で茶菓子を出してもてなしたのだが、その間、銀の箱は村内の有力百姓で組織されている村方《むらかた》役人や庄屋の手代の者たちが見張りに立っていた。

それを銀役人たちは言い募り、銀の箱は、近辺の貧しい百姓たちがかっ攫《さら》っていったのではないか、見張りに立った者は、それを見て見ぬふりをしていたのではないかなどと言い出した。

庄屋の長兵衛は、この村にはそのような邪《よこしま》な者は一人もおりません。何かの勘違いではないでしょうか。もう一度荷物をお検《あらた》め下さいませ、と土下座して懇願した。

だが、銀役人は、冷笑を浮かべて言い放ったのである。

「どちらを向いても貧乏人ばかりの村だ。目の前に銀が積まれておれば、盗みたくもなるだろう。銀十貫、どうしてくれる。ん、この銀が銀貨に鋳造《ちゅうぞう》されれば、いかほどのものになるか分かっているのか」

庄屋長兵衛の家の庭は、この銀役人の言葉で騒然となった。

真っ青になった長兵衛は、背筋を伸ばして銀役人を見た。長兵衛の表情には、後には一歩も引かぬという気概が見えた。

「長兵衛、命にかえて申し上げます。もう一度荷物のすべてをお検め下さいませ」

「黙らっしゃい。お前は俺たちが嘘をついていると言うのか。許せん、お前も村役人も全員成敗してつかわすから、そこに首を並べて座れ」

銀役人は、刀に手をやり、取り囲んでいる村の者たちをぎろりと見回した。

「待って下さい」

小田島右近が、二人の間に飛び込んだ。

「銀一箱が消えたとなれば、長兵衛や村の者たちの命をとったところで事はおさまるとは思われませぬ。わが藩としても一大事でございます。いえ、それだけではございません。皆様方、お代官所の方々も搬送の途中で銀一箱を見失ったとなれば、ただでは済みますまい。ここは、長兵衛の申す通り、今一度お荷物、お検め下さいませ」

「なんだと……お前は郷方役人だったな。郷方役人が、この銀役人に盾突くというのだな」

「いえ。わが藩内の百姓に、そのような者はおりませぬ。たとえ水を飲んでいても、御用の荷に手をかける者などおりませぬ。ですから、どうぞもう一度、荷物のお検めを……」

「できぬな」

「なぜでしょう」

小田島には、銀役人が無理難題をふっかける理由が分かっていた。銀役人たちは、街道筋で難題をふっかけては、土地の者から金をむしり取っていたのである。

小田島が険しい顔で問いただした時、

「小田島、やめろ」

上役の郷方役人頭の稲富《いなとみ》武一郎《ぶいちろう》が割って入ってきた。

稲富は小田島とは幼馴染みだった。一緒に魚を釣り、とんぼを追いかけた仲である。ただ、稲富の父が郡《こおり》奉行を経てお側役《そばやく》に任じられており、その父の引きもあって、武一郎は若くして小田島たちの上に立っていた。

「稲富武一郎様は銀役人に五両の金子《きんす》を差し出して、お荷物検めのお許しを願うように、夫小田島右近を説き伏せたのだそうでございます」

そう言った織江の顔は、苦渋に満ちていた。

金の力で何とかしようとする姿勢は、小田島の意にはそぐわないことだった。

だが、その場は稲富に従った。

案の定、銀役人は渋い顔をしてみせたが、荷物の点検を許可したのだという。

はたして、銀の箱は、他の荷物の下にあったのである。

「行列が藩内を通り過ぎた後で、二人は口論となったそうでございます。五両のお金は秋の収穫が終わった後に、百姓たちとの年に一度のお祭りにつかうためのお金だったのだそうでございます。口論が斬り合いになって、小田島は稲富様を斬ったようです。夫はあわてて帰宅して参りまして、追っ手をこの家で迎え撃つ。お前はたった今離縁致すから実家に帰れと……。でも私は、一緒に戦って死にますと申しました。それで夫は困り果てて、結局私を連れて藩を出奔したのでございます。祝言をあげて一月目《ひとつき》のことでございました。以来、小田島は敵持ちとして逃げて逃げて、今日に至ったのでございます」

織江は努めて淡々と告白したが、話を終えると、緊張のためか肩で苦しげな息を繰り返していた。

「ふむ……」

十四郎は腕を組んだ。

小田島は理由はどうあれ、幼馴染みを斬った。織江を離縁した後、すぐに追っ手と斬り結んで自身も果てるつもりであった。だが、織江に懇願されて、この五年間逃亡生活をしてきたというのが真相のようだった。

小田島は、稲富への友情と、妻への愛と、その狭間で苦しんできたに違いない。

その小田島が決心をして妻子を置いて出ていったとなると、ひょっとして自分から、火中に飛び込もうとしているのかもしれぬ。

「まさか、藩邸に出向かれたということはないでしょうね」

お登勢も同じことを考えていたらしく、ぽつりと言った。

その時だった。玄関でおとないを入れる声がした。

「主に会いたい。私は美山藩の者で稲富十太夫《じゅうだゆう》と申す者だ」

声は、張りのある初老のものだった。

「稲富様……」

お登勢が織江を見た。

「稲富十太夫様は、武一郎様のお父上でございます」

織江は、真っ青な顔で答えると、覚悟したようにすっくと立った。

「待ちなさい。ここはお登勢殿に任せなさい」

十四郎が、押し殺した声で止めた。

「でも……」

「織江様、お客人は私に会いたいと参られたのです。あなた様はこちらで……」

お登勢も厳しく織江を制すると、すいと背筋を伸ばして部屋を出た。

三

「はいはい、皆さん、あと少しですからね。雑巾《ぞうきん》は固く絞って拭いて下さいよ
……あれ、おとくさんは、どうしました」

大張り切りの大家の八兵衛《はちべえ》の声が響く。

「おとくさんは、みんなの昼飯炊いてるよ。八兵衛さんが言ったじゃないか、飯の支度をしてほしいって……惚《ぼ》けるの、まだ早いんじゃないの」

雑巾掛けをしていた棒手振《ぼてふ》りの女房おきんが、八兵衛に尻を向けたまま、何言ってんだい、というような顔で振り返った。おきんは肉づきが良く、まるで子牛の腰を引きずっているような按配《あんばい》の女である。押しのある体で言い返されて、

「あっ、そう……じゃあ、皆さん、お昼を頂くまでに片づけてしまいましょうか。大八の荷物、そろそろ中に入れて下さい。いいですね」

八兵衛は手を左右に振って指図し、ふと傍に立っている十四郎に気づき、

「十四郎様。あなた様は家の中が落ち着くまで、ご自分の家にひっこんでいて下さいませ」

さも十四郎が邪魔をしているかのように押し退けて、大八車の荷物を解き始めた。ところが襷《たすき》掛けの織江が家の中から出てくるや、表情を一変させて、

「織江様、重たい荷物は私が持って入りますからね。織江様は家の中でこの荷物、かたづけて下さいまし」

愛想よろしく、織江の手を制して言った。

「八兵衛さん、すみません。それじゃあよろしくお願いします」

織江は、ちらっとすまなそうなほほ笑みを十四郎に投げると、大八車に積んであった鍋一つを抱えて中に入っていった。

大八車にある布団や道具は、織江親子にと、お登勢が用意した荷物である。

織江の住まいは藤七が橋屋近辺で探していたが、稲富十太夫が訪ねてきたこともあって、急遽この十四郎が住まいする米沢町《よねざわちょう》の裏店と決まったのであった。

部屋は先日この長屋を出ていったおすまが住んでいた、木戸から入って三軒目、そこで八兵衛の陣頭指揮で、おとくをはじめ長屋の女房たちが手伝っているのである。

織江は、皆の遠慮のない手助けに圧倒されながらも、温かく長屋に迎え入れられて、ほっとしている風だった。

幸太郎の姿が見えないのは、夕刻まで橘屋で預かってもらっているからで、こちらが片づいたところで、お民が連れてくることになっていたからである。

「ふむ……」

十四郎は皆の働きを眺めていたが、八兵衛の言う通り、いったん自分の家に戻り、被せてあった火鉢の灰を退け、炭を継ぎ足して火の熾るのを手をかざして待った。

その間にも、八兵衛や長屋の女たちの賑《にぎ》やかな声が聞こえてくる。

──織江殿がここに落ち着いて、生活できるようならいいのだが……。

十四郎は、昨日橘屋に現れた稲富十太夫を思い出していた。

お登勢が玄関に出て十太夫に挨拶すると、十太夫は立ったまま、

「つかぬことを尋ねるが、昨日、この宿に浪人親子を案内してきたと聞いた。も

しや、その浪人は小田島右近という者ではなかったかの」

窪《くぼ》んだ細い目で、お登勢の背中越しに客人を覗いていたが、十太夫なる人物は、

　十四郎は奥からお登勢に聞いた。中背だが骨太の男だった。

郡奉行からお側衆に上がるだけあって、物腰の柔らかさとその柔らかさの中に、相対《あいたい》する者に目を逸《そ》らさせない真摯《しんし》なものが一瞬にして見てとれた。

「いえ、確かに私が、宿を探しておられたご浪人をお連れしましたが、今朝早く、出立《しゅったつ》されました」

「何、出立した」

「はい。それに、そのご浪人は、お武家様がお尋ねの小田島様ではなく、小野木《おのぎ》様というお方でございました。あの、それが何か……」

　お登勢の惚《とぼ》けぶりもさすがといえばさすがが、初老の立派な武家を前にしても、怯《ひる》むことがない。

「そうか、小田島でなくて小野木でござったか……いや、実は、この者が両国橋でそこもとと橋を渡っていく小田島を偶然見かけて、尾《つ》けていったら、この宿に入ったと申してな。それで訪ねて参ったのだが、そうか、人違いでござったか……」

十太夫は、後ろに控えている中間《ちゆうげん》をちらりと見遣った。

「それは残念でございました。お役に立てなくて、申し訳ございません」

「いや、なに、こちらの方こそ、手間をとらせた。あいすまぬ」

十太夫は軽く目礼すると、玄関を出た。

と、そこに、ごん太を追っかけて、万吉と幸太郎が走ってきた。あやうく十太夫にぶつかりそうになり、万吉は、

「申し訳ありません」

ぺこりと十太夫に一礼すると、

「幸太郎様、早く……」

幸太郎の手を引っぱって、裏庭の方に走っていった。

どきりとして奥から十四郎が見詰めていると、十太夫はじっと幸太郎を見送った後、苦笑してお登勢を振り返り、もう一度目礼して中間とともに去っていったのである。

「ひやりと致しました」

お登勢は引き返してきて言った。

十四郎は、息を殺して座っていた織江に、

「織江殿、稲富武一郎殿に妻子はおられたのか」

と、聞いてみた。

仇討《あだ》ちといっても、藩規にもよるが、通常公に認められる仇討ちは、父が息子の仇を討つというのは許可されない。

仇討ちは原則として、目上の者の仇を目下の者が討つのであって、親の仇を子が、主君の仇を家来が討つなどはいいが、逆縁の仇討ちは許されないのであった。

稲富武一郎に子息がいれば、仇を討つ者は子息であって、父親の十太夫ではない。ただ、助太刀はできる。

「武一郎様には、奥様の華代《はなよ》様、嫡男の壱之進《いちのしん》様がおいでございました。お父上は、夫かどうかの首実検に参られたのかもしれません」

十四郎は腕を組んだ。

これは十四郎の勘だが、十太夫が持ち込んできた雰囲気に、息子の敵を捜しているといった血走ったものは、少しも感じられなかったのである。

十四郎は湯気のあがってきた鉄瓶に気づき、台所に立って、茶葉の入っている壺を探した。壺に茶葉を入れて渡してくれたのはお登勢で、こうしておけば湿らないですからね、などと言い、わざわざ小さな茶壺を持たせてくれたのである。

十四郎は茶を飲むより酒を飲むほうが多い。まだ二、三度しか手をつけていなかったが鉄瓶の湯気を見た途端、久しぶりに茶を一服味わってみようという気になった。

——あった……これだ。

壺を抱えたところで、

「よう」

と近藤金五《こんどうきんご》が入ってきた。

近藤金五は縁切り寺『慶光寺』の寺役人である。しかも十四郎とは幼馴染みで、十四郎が慶光寺の御用宿『橘屋』の仕事をするようになってから、いくつもの事件を二人は手を携えて解決してきた。

それに加えて、二月《ふたつき》程前に金五は妻を娶《めと》ったが、妻となった女剣士秋月千草《あきづきちぐさ》との仲をとりもったのは、十四郎とお登勢だった。

千草は今も諏訪町《すわちよう》で剣術の道場を開いており、金五は相変わらずの寺勤めだから、二人は通い婚の形をとっている。

そういう結婚に、金五の母波江《なみえ》は最初二の足を踏んでみせたが、今ではなにかと口実をつけては千草の道場に足繁く通い、料理の伝授をして楽しんでいるらしいと聞いていた。

「お前がここに来るなんて、珍しいな」

十四郎が火鉢の傍に座ると、

「何、近くを通ったのでな」

金五も上がってきて、腰の太刀を引き抜いて、そこに座った。

「そうか、女房殿に会った帰りか」

冷やかし眼で、十四郎が聞くと、

「まあな」

金五は顔を赤くして、頭を搔いた。

「今茶を淹《い》れるところであったが、飲むか」

「貰おう」

金五は言い、おぼつかない手つきで茶を淹れている十四郎を見詰めていたが、

「おぬしも妻を貰え」

と苦笑して言った。だがすぐに真顔になって、

「あれが、小田島とかいう者の妻女か」

外の賑わいを、顎で指した。

　十四郎が頷くと、

「実は俺も、お登勢から話は聞いていた。それで今日、千草に話をしてみたんだ。そなたの門弟に美山藩の者はいないかとな……。美山藩の上《かみ》屋敷は堀田原《ほったわら》にある。千草の道場とは目と鼻の先だ。ひょっとして門弟の中に、藩士が通ってきているやもしれぬと思ったのだ」

「で、来ていたのか」

「いた。お火《ひ》の番《ばん》だ」

「お火の番……女子《おなご》か」

「いや、男だ。参勤交代で藩主について出てきたのだそうだが、江戸詰めの間に、剣の腕を磨きたいと申して通ってきているそうだ」

「ほう……」

「その者に、それとなく国元の例の一件を聞いてくれぬかと頼んだ訳だ、千草にな」

「それは有り難い」

「話してくれるかどうかは分からんぞ。分からんが、もし話してくれれば仔細が掴める」

「おぬし、ただ妻女のところに鼻の下を長くして通っているだけではないようだな」

「ちゃかすな」

「いや実は、俺としても納得のいかぬことがあったのだ」

「稲富十太夫のことだな」

「聞いていたのか」

「聞いている。だが十四郎、これは俺の老婆心だが、駆け込みに関係のない話に首をつっこむのはこれで止せ。それはお登勢にも言ったのだが、こちらの仕事に支障が出ては俺が困る」

「金五」

「なんだ。その顔、不服そうではないか」

「お前には分からぬ、俺の気持ちは……」

金五は幕府の役人である。一方の十四郎は、主家《しゆけ》が潰れて浪人暮らし。二人の境遇には、天と地ほどの違いがある。

金五が、十四郎の身を案じて助言してくれていることは分かる。だが十四郎は、金五に不遇の身の上の者に出会うと、なぜか熱い血が滾《たぎ》るのであった。それは、金五にも、いや、自身にさえ説明のしようのない感情だった。

「おぬしも、いつまでも浪人の一人暮らしは望んではいない筈、いずれかに仕官《しかん》できれば仕官して、あるいはしかるべきところに婿入りするなどして、身を固めたほうがいい。俺は、その時になって、無茶をしていたことが差し障りになってはと案じているのだ」

「金五、このご時世だ。どこに仕官ができるというのだ」

「そう怒るな……まあいい。さて、帰るか」

立ち上がったところへ、がらりと戸が開いて、八兵衛が入ってきた。

「おやこれは、近藤様。よろしければ近藤様もどうぞ。炊き出しのようなお昼ですが用意できましたので、ご一緒に……十四郎様、皆さん、お待ちしていますよ」

八兵衛は慌ただしい口調で十四郎を促すと、戸の外に消えた。

三日後の夕、十四郎は美山藩邸の表門前に立っていた。

門番に稲富十太夫への手紙の取り次ぎを頼んだが、門番は不審者を見るような顔をして、門の中に引っこんだ。

そうして、しばらく仲間と品定めをするように、代わる代わる番所の格子窓からこちらの様子を窺《うかが》っていたが、やがて窓から姿が消えた。ようやく、邸内の稲富のところに使いに走ってくれたと見える。

そこまで見届けて、十四郎は表門を離れ、諏訪町まで出て、料理茶屋『津野《つの》屋』に入った。

津野屋の座敷は、お登勢が手配してくれたものである。

稲富があの手紙を見て会ってくれるというのなら、そう時を置かずして、この座敷に現れる筈であった。

「お料理はいかが致しましょうか」

小女《こおんな》が敷居際に膝をついて、十四郎に聞いてきた。

「料理は客人が参られてからにしてくれ。酒はすぐに頼む」

「承知致しました」

小女は下がるとすぐに、一人前の酒を運んできた。

十四郎は女の酌を断って、手酌で飲んだ。

十四郎が入っているこの小座敷は二階だった。津野屋は隅田川べりにあり、二階の障子窓には、足早にすぎていく陽の陰りが、大川を往来する舟の慌ただしい気配を伴って、空《むな》しい色を落としていた。

この、陽が落ちていく入相《いりあい》の頃、暮れなずむひとときが、独り身にはなぜか空しい。

――だからといって、養子には入れぬ。

十四郎は盃に揺れる酒を見詰めて、改めて思った。

三日前、十四郎の長屋にひょっこり現れた金五が、いつになく妙な話をすると思ったら、翌日には金五の母波江が、十四郎の縁談を持って走ってきた。

相手は御家人《ごけにん》の娘だった。

少々薹《とう》が立った娘だが、気立ての優しい女子だと言った。禄は五十俵三人扶持《ぶち》、無役であった。

父親が病床にあり、急いで養子を探しているらしいのだが、条件があるのだと言った。

持参金三十両ともう一つ、家名を汚さぬために、浪人時代に知りあった町場の行儀の悪い人間たちとは向後つきあわないこと、無謀な行動は本日より即刻慎むことだという。

「せっかくだが、お断り申す」

すぐに返事をすると、波江は、

「まっ、もったいない」

「私には、そんな大金はありません」

「それはなんとかなりますよ。それにね、それにあなた、今日の今日、お断りという訳には参りません。今すこし考えてみて下さい。いいですね」

波江は少々気を悪くして帰っていったようだが、そのことを金五に話すと、

「ほっとけばいいんだ。おふくろの道楽の一つだからな、縁談の世話をするのは。そのうちに諦める」

金五は笑っていたが、正直、何が町場の行儀の悪い人たちだ、何が無謀のことを慎めだ。いったい何様のつもりだという腹立たしさがあった。

たとえ三十両の金があったとしても、御免蒙《こうむ》りたいと思った。

その時だった。金五が、急に顔を寄せてきたと思ったら、

「この間の一件だが、千草が門弟から聞いた話では、銀の道で五年前に騒動があったことなど、聞いたこともないと言ったそうだ」

「何……織江殿の話では、一歩間違えば、藩の存続にもかかわるような一大事ではないか」

「確かに……もっとも稽古に通ってきている男はまだ二十歳と若く、それで知らないと言っているのかもしれぬ」

「それにしてもだ。事件そのものがなかったという訳ではないだろう。ああして稲富の親父殿が小田島殿を捜しているのだからな」

「うむ。俺も妙な話だと考えているのだが……」

「よし、会ってみよう。稲富殿に」

会えば全てが分かると思った。

「十太夫殿に会うのか。これ以上の深入りは止せ」

金五は止めたが乗りかかった船、十四郎は小田島右近の知り合いの者だと記して、十太夫に呼び出しをかけたのであった。

「ごめん」

突然、廊下で声がした。

沈思《ちんし》していて、廊下に人の立つのも気づかなかったが、声は紛《まぎ》れもなく十太夫のものだった。

十四郎は慌てて座り直した。

十太夫は入ってくるなり、案内してきた女中に、せっかくだが今夜は所用が控えており、酒も料理もいらぬと告げ、茶のみを頼んだ。

「さて、話を伺おうか」

互いに名を名乗り、素性を告げた後、十太夫はじっと十四郎を見詰めてきた。

「実は、文にも認《したた》めましたが、小田島右近殿のことです」

十四郎は、両国橋で妻子を刺し殺そうとしていた小田島を橋屋に連れ帰ったこと、ところが小田島は翌朝妻子を置き去りにして行方知れずになったこと、その理由を織江から聞き出したことなどを正直に告げた。むろん稲富十太夫が、信用に足る人物と踏んでのことだった。

凝然として話を聞いていた十太夫は、十四郎が話を終えると、苦笑まじりの顔を向け、

「やはりあの子は小田島の……小田島の幼い頃にそっくりだと見ておったのだが……」

細い目をいっそう細くして、十四郎を見詰めてきた。やはりその表情には、小田島を憎悪し敵視するものは見られなかった。

「小田島殿は置き手紙を残して去りました。おそらく、稲富殿のご子息を手にかけた苦しみにこれ以上耐えられぬと思ったのではござるまいか。それで、藩邸に

名乗り出て命を投げ出すつもりで宿を出たのではござるまいかと、まあ、それがしは考えております」

「いや、それならば話は早い。小田島がもし現れれば、もう逃げ隠れする必要はない、仇討ちなどないのだと申してやるのだが……」

「仇討ちはない……」

「倅《せがれ》は、武二郎は生きておるのだ」

「何と……」

「ただし、動けぬ。出仕《しゅっし》もできぬ体だが、殿のご温情で手厚い保護を受けておる」

「……」

「手前の倅の命が助かったから申しているのではない。そなたは織江殿からあらかたの事情をお聞きのようだから申すのだが、憎むべきは代官所の役人でござる」

「稲富殿……」

十四郎は思わず声をあげた。稲富十太夫の言葉は、十四郎の胸を打った。自身の子息が出仕もできぬほどの不自由をかこつ体になっているのに、その目はしっかりと、何が悪か善かを捉えていた。冷静な目を持っていることに、十四郎は感《かん》服《ぷく》したのである。

「わしが郡奉行の折もそうだった。奴らは隙あらばと『御用』の札をひけらかしておった。五年前の事件も、最初から仕組んでいたに違いないのだ。嵌《は》まったのだ、倅も、小田島も……」

稲富十太夫は、苦々《にがにが》しい顔をしてみせた。目が合った時、十四郎は深く頷いていた。

十太夫は深い溜め息をつき、話を継いだ。

「よく似た性格での、二人は……幼い頃から正義感の強い子であった。倅は倅の立場で、小田島は小田島で、百姓たちを守ろうとしてやったことだ」

「いかにも……」

「銀役人は、わが藩の郷方役人も百姓も見縊《みくび》っていたのだろうが、そうはいかぬよ。百姓たちと藩士との繋がりは、他の藩では考えられぬほどの結びつきがあっての」

十太夫は、ぐいと背筋を伸ばして言った。

百姓とはいえ、一昔前までは武士だった者も多く、気骨《きこつ》も誇りもある者たちで、庄屋の長兵衛や小田島たちが体を張って銀役人に対抗しようとしたのも当然で、貧しさに負けて銀を盗もうとするような百姓は一人もいない筈だと十太夫は言った。

それは、かつて西国《さいごく》で絶大な力を持っていた毛利《もうり》氏が関ヶ原《せきはら》の戦いで敗れ、その後を統治した福島《ふくしま》氏が幕府にあらぬ疑いをかけられて断絶、浅野《あさの》一族が入封《にゅうほう》してきたが、その時より、備後の美山に住む者たちは、過去の不幸を教訓として、武士、百姓、町人に至るまで、徹頭徹尾、二度と幕府に介入されることのないようにと、手を繋いできたのであった。

そういう背景のもとに、事件は起きた。

「若い二人は、幕府と悶着《もんちゃく》を起こすことを恐れていた。足元を掬われないようにという強い気持ちがあったのだ。だが、その手法が違っていた。口論したあげく先に刀を抜いたのは倅だと聞いている。相手が抜けば小田島も抜かざるを得まい。むろん、二人とも殺し合うつもりはなかった筈だが、いったん刀を抜いてしまえばもう引けぬ。愚かなことだ。銀役人のために刀を交えるとは……。しかし、殿はいたく心を痛められての。二人は藩を守ってくれたのだと申されて、その件については箝口令《かんこうれい》をしかれたのだ。しかもその上で、有り難いことに、倅は不自由のない生活が送れるだけの禄を頂戴しておるのだ。倅が五年間苦しんできたように、小田島も苦しんできた。恨んではおらぬよ」

十太夫はじっと十四郎を見詰めてきた。

四

「もし、こちらは梅香《うめか》さんでございますね。私は橋屋の者でございますが……」

藤七は、ちらっと十四郎に目をくれると、おとないを入れた。すると、

「橋屋さん……」

驚いたような女の声が漏れ、あわてて下駄をつっかける音がして、すぐに戸が開き、細身の色白の女が顔を出した。

「少し、お聞きしたいことがあって参ったのですが、ちょっとよろしいでしょうか」

藤七は、私は橋屋の番頭で藤七という者、そしてこちらは橋屋の仕事をお願いしている塙十四郎様ですと、後ろに控えている十四郎に心持ち体を譲るようにして、梅香に言った。

「どうぞ、どうぞお入り下さいませ」

梅香は、すこしびっくりした顔をしてみせたが、すぐに体を引いて、藤七と十四郎を招き入れた。

一歩入ると、部屋には温かい蒸気が充満していて、鉄瓶をかけている火鉢の奥には、幼い女の子が床の中に臥《ふ》せっていた。

「親子二人の長屋暮らし、狭いところで申し訳ありませんが、どうぞ上にお上がり下さいまし」

「いえ、ここで結構でございます」

藤七と十四郎は上がり框《かまち》に腰をおろそうとしたが、

「ほんとに、今お茶をお淹れしますから」

梅香という女は、どうでも上がれというように、茶器を引き寄せた。

「このたびは、小田島様に助けていただいて。小田島様が通りかからなかったら、私たち親子はどうなっていたかしれません。本当に命の恩人でございます」

梅香は、こちらが聞くより先に、茶を淹れながら礼を述べた。

昨日、夕刻のことだった。

稲富十太夫に会って後、十四郎が小田島右近の足跡を追って二日後のこと、何の手掛かりもなく橋屋に戻った時だった。

橋屋に料理屋『菊《きく》屋』の仲居でお里《さと》という女が、お登勢を訪ねてきた。

「こちらに、小田島様がご逗留とお聞きして参ったのですが、これを……梅香という芸者さんから預かってきたのですが、小田島様にお渡し下さいませ」

お里は、懐紙《かいし》に載せた一両を置いた。

「これは……」

お登勢が驚いた顔を上げると、

「私は詳しいことは知らないのですが、なんでも小田島様とおっしゃるお武家様が、梅香さんの娘さんのおみよちゃんを救って下さったようでして……」

「小田島様が……」

「はい。本来なら梅香さん本人がこちらをお訪ねしなければなりませんが、なにしろ、あれ以来、おみよちゃんの傍から離れられない状態が続いているようでして、それで私が、梅香さんに頼まれまして、お訪ねいたしました」

菊屋は、柳《やなぎ》橋の袂にひろがる平右衛門《へいえもん》町《ちょう》にある料理屋だった。お抱えの板前清吉《せいきち》の会席料理が絶品だということで、ずいぶん繁盛している店だと聞いている。

その菊屋に出入りしている芸者と小田島がかかわりがあったというのも驚きだ

が、あれほど十四郎と藤七が、足を棒にして捜していた小田島が、まだ江戸にいて、それも柳橋あたりをうろついていたとは意外だった。

「お里とやら、小田島殿が、おみよとか申す女の子を助けたというのはいつのことだ」

十四郎は、逸《はや》る気持ちを抑えて聞いた。

お里は怪訝な顔をした。ほんの一瞬戸惑ったような顔をしてみせたが、

「三日ほど前だったということです。私はその場に居合わせておりませんので、詳しくは存じません」

と、お登勢と十四郎の顔を窺い、

「あの、とにかくこれを、小田島様にお渡し下さいませ。梅香さんのお礼の気持ちだそうでございますから」

お里はもう一度、一両を載せた懐紙を指先でお登勢の膝近くに押しやって、そそくさと帰っていった。

それで今日昼過ぎに、十四郎は藤七と二人で菊屋を訪ねてみたのだが、梅香というのは菊屋が人手に困った時に頼んでいるにわか芸者の一人だそうで、住まいは菊屋の裏を抜ける小路を入ってすぐの長屋だと教えてくれた。

菊屋を出て、すぐにその足でこの長屋を訪ねてきたのだが、小田島がこんな場所に出没していたこと自体、まだきつねにつままれたような気分だった。

「で、何を私に聞きたいとおっしゃるのでございますか」

梅香は茶を差し出すと、膝を直して聞いてきた。

「小田島殿に出会った時のことだ。実は宿を出たままなのだ、小田島殿は……。緊急に知らせたいこともあって行方を捜していたところだった」

まあっと梅香は顔を曇らせると、

「小田島様に私たちが助けていただいたのは、三日前の、あれは確か五ツ半（午後九時）くらいだったでしょうか……」

梅香は、怯《おび》えた目を向けた。

その夜、梅香が仕事を終えて店を辞し、表に出たところで、武家三人に囲まれた。

赤褐色の軒提灯の灯の色の先に、粘りつくような目が、梅香を捕らえていたのである。

梅香には覚えがあった。一刻ほど前に、梅香は三人の座敷に上がっていた。いや、正確にいうと、近頃たびたび菊屋に上がっている客で、そのたびに梅香は座敷に上がっていたのである。

いつも真ん中で下卑《げび》た笑みをたたえているのが兄貴格で、両脇に立っている二人は、座敷でも同じように兄貴格を挟《はさ》んで座り、追従《ついしょう》甚だしい連中だった。

それは、真ん中に座す男の財布の中身にあった。

大した料理も注文せず、仲居や女中に心付けも渡さず、けちな癖にわざと財布の中を見せつける。両脇に座る男たちが、金に追従しているのは瞭然としていた。

梅香が座敷に上がっている時も、男たちは粋な会話の一つもするでなし、ちびりちびりとやりながら、梅香の頭の天辺《てっぺん》から足の爪先まで、なめ回すような目で見ているのであった。

ようするに下種《げす》な客だった。

今夜も三味線を手にひと語り終わったところで、お流れを頂戴し、腰を上げたその時、真ん中の男が膝前にあった膳を滑らせると、いきなり梅香の腕を摑んだのである。

「お放し下さいまし」

梅香が勢い良く腕を放すと、

「待っている。必ずこの座敷に戻ってこい」

にやりとして言った。だがその目は異様な光を放っていた。両脇の武士が、くすくす笑った。

「こちらのお座敷は、これまででございます」

「いい思いをさせてやるぞ。それとも痛い目に遭いたいか」

「お断りします。脅しに屈してお相手をするなんざ、柳橋の芸者の名折れでござんすよ。そういう話はよそでなすって下さいまし」

梅香は、きっとした目で見据えると、裾を払って部屋を出たのだが……そうだった、この男はあの時、

「市岡《いちおか》様……」

と呼ばれていたのを思い出した。真ん中の男は市岡玄之進《げんのしん》、市岡の右側に立っているのが野呂《のろ》、左側の男が大原《おおはら》と名乗っていた筈だった。

三人が、じりっと歩を寄せてきた。

梅香はぞっとして体を引いた。咄嗟《とっさ》に、店の中に駆け込もうと踵《きびす》を返した時、

「おっかさーん」

軒下の灯を頼りに、おみよが走ってきた。

おみよは、いつも長屋で梅香の帰りを待っていた。だが、時折寂しくなった時

には、菊屋に走ってくることがあった。女中たちはそんな時、おみよを台所に上げて、梅香の仕事が終わるまで相手をしていてくれたりする。今夜も待ち切れなくなって、夜の路地をおみよは走ってきたのである。

「来ちゃ駄目」

梅香は叫んだが、時すでに遅く、野呂という武家に捕まった。

「放してよ……放してよ」

おみよは、泣きながら訴える。

「梅香、俺の言うことを聞けば、娘は放してやるぞ」

市岡は、冷たい笑いを浮かべて言った。

「お役人を呼びますよ、旦那。その子の手、お放し下さいまし」

「ええい。どこまでも強がりを言う女だ。やれ」

市岡が顎を振ると、野呂はおみよを脇に抱えて川べりにむけて走った。

「おみよ……」

「おっかさん、助けて……」

野呂は川岸に立つと、両手でおみよを抱え上げて、いつでも川に落とすぞという仕草を見せた。

「おみよ……」

梅香が絶叫したその時、黒い影が、猛然と柳橋から走ってきて、野呂に突進した。

影は浪人だった。

野呂が振り向いた一瞬、浪人は野呂に当て身を食らわせ、落ちそうになったおみよを抱き留めた。

「邪魔をするか……」

大原が刀を抜いて、浪人に飛びかかった。

刹那《せつな》、浪人の腰から鈍《にぶ》い光が走った。大原は腕を斬られて、たたらを踏んだ。その体がよろめいて、泣いているおみよの体に当たり、おみよは神田川に悲鳴を上げながら落ちたのである。

「おみよ！」

梅香が川岸に走り寄った。

「まずいぞ、引け」

市岡たちは、慌てて去った。

「その時、ご浪人がすぐに川に飛び込んで、おみよを助けて下すったのでございます」

梅香は、眠っているおみよを見遣った。

「その浪人が、小田島殿だったのか」

「はい」

神田川の南岸にいた舟の船頭たちによって、小田島とおみよは舟に助け上げられた。

長屋に帰ってきて、おみよを介抱し、一方で小田島の着物を乾かしながら、朝方まで梅香は小田島と一緒だったが、その時に、小田島は橋屋に逗留している者だと言った。

「小田島様は無口なお方で、ご自分のことは何もおっしゃいませんでした。私が亭主と別れて女一人でおみよを育てているという話を、黙って聞いて下さいましてね。ところが翌日、私がお使いに外に出ている間に、いなくなっちまいまして……」

と言った梅香が、ふと、何かに気づいたような顔をした。

「一つだけ気になることが……」

「何か申しておったのか」

「いえ、そうではなくて、私が市岡様のことをお話しした時に、とても怖い顔をなすったんですよ」

「何……市岡とは何者だ」

「大御番衆《おおごばんしゅう》と聞いていますが、つい先年まで石見の、ええと、どこだったか……」

「大森か」

「あっ、そうそう、その大森とかいうお代官所に勤めていたお方だと聞いていましたから、その話をした時です。怖い顔をなすったのは……」

「十四郎様……」

藤七が険しい顔で見詰めてきた。

——まさかとは思うが……。

小田島が梅香親子を救ったのち、再び地にもぐったように消息を絶ったのは、梅香から聞いた市岡の存在があったのかもしれぬ。十四郎の胸に、一抹の不安が過《よぎ》った。

はたして小田島は、日没を待って千鳥《ちどり》ヶ淵《ふち》の西方にある番町《ばんちょう》の市岡玄之進の屋敷前の暗がりに立っていた。

小田島が立っている坂の下も坂の上も、一帯武家屋敷である。日が暮れると、人通りはぴたりと絶える。

市岡の家は、裏二番町通りの角地にあった。市岡の家を探り当てるまでに三日もかかっている。

番町の中に麴町谷町《こうじまちたにまち》という町人の町があるが、店先で灰汁《あく》とりをしている洗濯屋に、市岡の家を聞き出したのであった。

洗濯屋は最初は、浪人体の小田島に不審を抱いたようだったが、小田島が西国の代官所で世話になった者だというと、洗濯屋はそれで信用したらしく、桶の中に積んである灰の中に地図を描き、道順を教えてくれたのである。

「市岡様は、お内証《ないしょう》が潤沢《じゅんたく》のようでございまして、宵の口にはお屋敷にいらしたことがございませんよ」

洗濯屋はそう教えてくれたが、小田島は明るいうちに一度、市岡の屋敷を確かめに行っている。そうして今度は谷町まで下りてきて、飲み屋で一杯ひっかけて時を過ごし、日暮れるのを待って、また坂を上ってきたのである。

どちらを向いても、旗本屋敷が続いていて、真っ昼間に浪人の格好で徘徊《はいかい》し、しかも定めた屋敷前でうろうろしていたら、それだけで、どこかの辻番所《つじばんしょ》から尋問をうけるかもしれない。

動くのは夜のほうがいい。

どうせ市岡は遊びに出ているに違いないのだ。夜になってから屋敷の外に張っていれば、必ず捕まえることができる。

——会って確かめねば……。

この三日間、そればかり考えていた。見定めた上でなければ、この命、稲富に差し出す訳にはいかないと思った。

梅香の娘おみよを助けた時には、場所が場所だっただけに、市岡が自分の運命を変えた男かもしれないなどとは思いもよらなかったことである。

あの時、小田島の眼中にあったのは、おみよを抱え上げて神田川に落とそうとする武士だけだった。

他の二人の武士については、睨み合った時のほんの一瞬、呼吸にして一つか二つの間、顔を見ただけだった。それも、顔半分には闇が差し込んでいて、はっきりとは見えなかった。

だがそのうちの一人の武士の嫌らしい体臭を、どこかで嗅《か》いだような記憶があった。

水浸しのおみよを抱えて梅香の長屋に走り、濡れた着物を乾かしている時に梅香から聞いた市岡という名にも、ぴんと来ることはなかった。

だが市岡が先年まで大森の代官所にいたと聞いて、小田島は驚きもし、耳を疑った。

胸の中で微《かす》かに覚えていたおぞましい体臭と、記憶の中にあった何度も抹殺したいと憎み、繰り返し呪わしく思った人間の顔とが一致したのであった。

五年前のあの騒動が起きた時、小田島は、あの銀役人の名は聞いてはいなかった。

奇《く》しくも、自分の命を稲富に投げ出そうと決心をしたその時、宿敵に会おうとは、思いもよらないことだった。

たとえ人違いであったとしても、市岡が代官所の勤めを終えて江戸に舞い戻り、大枚をこれみよがしにひけらかし、弱い者をいじめていると知った以上、それも小田島には許せないことだった。

おそらく、市岡が懐に持ち歩いている金は、銀の道周辺の者から奪い取ったものに違いないと思ったからだ。

五年間の逃亡生活の中で常に胸にあったのは、銀役人への憎しみだった。真の友人を斬った時、小田島は自分もすぐに切腹して果てるつもりだった。妻の織江に懇願されて、国を出奔したものの、もしも稲富の遺族に出くわしたならば、迷わず命を投げ出してやろうと考えていたのである。

ところが、五年が過ぎても、稲富の遺族に出くわすことはなかったのである。目まぐるしく、浪々の旅を続けてきた五年間が脳裏を駆け巡る。

──寒いな。

小田島は襟を合わせた。

その時だった。坂の下から上ってくる足音が聞こえてきた。足音は一人ではなかった。

小田島は塀に身をよせて、音のする闇に目を凝らした。

すると、提灯の明かりが一つと、その提灯を頼りに黒い影が三人、近づいてくるのが見えた。提灯の明かりは足元を照らしているので、三人の顔は暗闇の中だったが、声で市岡たちと分かった。

小田島が、坂を上ってきた三人の前にぐいと出ると、三人はぎょっとして、立ち止まった。

「誰だ……」

市岡は、隣の男が持っていた提灯を奪い取ると、高くかざしてこちらを窺い、

「おや……貴様は、梅香をかばって俺の邪魔をした……そうか、お前は梅香の情夫《いろ》だったのか」

冷ややかに笑ってみせた。

小田島は、睨み据えたまま、口走った。

「覚えがある。間違いないな」

「なんのことだ」

「五年前のことを忘れたのか」

「五年前のこと……」

「おぬしは、美山藩の街道で近辺の百姓に運搬中の銀の箱を盗んだと濡《ぬ》れ衣《ぎぬ》を着せ、五両の金子を掠《かす》め取ったあの時の役人ではないか」

「なに。誰だ、貴様は……」

「俺はあの時の、おぬしの科白《せりふ》を今でも覚えているぞ」

「そうか、お前はあの時の郷方役人……」

市岡は肩を揺すってせせら笑うと、顔を小田島に向けたまま、両脇の武士に言

った。

「おい、話したろう。西国の馬鹿な藩士の話を……俺たちに騙《だま》されて、後で斬りあいをしたというあれだ……どうやらこやつ、その片割れらしいぞ」

市岡は二人の追従笑いを誘ったのち、また、面白そうに笑った。

「許せん、斬る」

小田島は刀を抜いた。

「斬れるか、俺たちを……この前のようにはいかぬぞ」

市岡が提灯をほうり投げると、三人は次々と刀を抜いた。

闇ばかりかと思っていたが、下弦の月が薄雲を通して微かな白い光を落とし、黒々とした四人の影を浮かび上がらせていた。

五

「織江様……」

藤七に促され、織江は番屋の三和土《たたき》に膝をつくと、そっとそこに被せてある菰《こも》をとった。

菰の下には、小田島の端整な白い顔が眠っていた。

「小田島殿」

十四郎も腰を落として片膝をつくと、小田島に瞑目《めいもく》した。

髻《もとどり》を切られて頰にまつわりついた黒髪が、小田島が壮絶な死を遂げたことを物語っていた。

織江は絶句して、呆然と小田島の顔を見詰めていたが、

「ご新造《しんぞう》さん、間違いはございませんね」

後ろに控えていた岡っ引が確かめるように尋ねると、

「はい」

小さいが、しっかりした声で、織江は頷いた。

——まさか、このような姿の小田島と対面しようとは。

藤七と二人で小田島の消息を探っていた矢先である。

ところが突然、今日の昼過ぎに、麴町六丁目にある廃寺の池の中で、小田島らしい浪人の死体が上がったという知らせが届いた。

ここに案内してくれた番屋の小者《こもの》の話では、廃寺に入り込んで遊んでいた近隣の子供たちが、池の中に菰包みが浮いているのを見つけたのが発端らしい。

子供たちは、池の中に何か宝物でも見つけたような気分だったのか、わいわいはしゃぎながら、てんでに棒を持ってきて、突っついたり押したりしながら、池の岸辺のすぐ目の前まで菰を引き寄せた。

ところが、菰の端からにょっきりと二本の足が出ているのを見つけ、大騒ぎとなり、番屋の者たちが駆けつけてきた。

引き上げてみると、菰の中には浪人の遺骸が一つ、浪人では身元も分からないからと、番屋の役人はそのまま無縁仏で処理しようとしていたところ、懐から橘屋の手ぬぐいが出てきたらしく、それで知らせが橘屋に来た。

急いで十四郎と藤七が織江を連れ、麴町のこの番屋に走ってきたという訳である。

ここに急いで来る道すがら、十四郎は引き上げられた浪人が小田島に間違いないと分かった時、織江は卒倒するのではないかと案じていた。

だが織江は、案外にしっかりしていた。

織江は、しばらく息を殺して小田島の顔を見詰めていたが、やがてゆっくりと菰をはがし、小田島の腹の辺りまで捲《めく》って、そこで手をとめた。

小田島の着物は縦横に裂けていて、そこから斬り刻まれた肉がぱっくりと口を開いているのが見えた。傷口は水にさらされたためか、白かった。

「これはやはり……」

十四郎は、息を呑んだ。小田島はただの殺され方ではない、惨殺されたのだと思った。それも私恨をもっての滅多《めった》斬りと思われた。

しばらく息詰まるような沈黙にみまわれたが、織江は菰を小田島の胸元まで戻して体の傷の跡を隠し、頬にかかった髪をなでつけながら、小田島に囁《ささや》くように言ったのである。

「長い間、ご苦労さまでございました。もう苦しまなくてよろしいのですよ、あなた。私たちの長屋に帰りましょうね……」

織江は気丈《きじょう》にも、夫の死を労《いたわ》りをもって受け入れていた。

織江は、泣かなかった。

米沢町の長屋に小田島を連れ帰った後も、織江は涙を見せなかった。むしろ、長屋の女たちが、不運な夫婦のために泣いていた。

葬儀をすませ、長屋の連中も去り、幸太郎を寝かしつけると、織江は、十四郎と藤七に手をついた。

「重ね重ね、ありがとうございました」

「織江殿、力が及ばず、すまぬ」

「いえ、武一郎様が生きていらっしゃる。そのことを夫が知れば、どれほど救われたか知れません。でも、だからといって、夫が自分を許せるかというと、そうでもなかったような気がします。体が健康でいらっしゃるのならともかく、不自由な生活を強いられている武一郎様に、なんとお詫びすればよろしいのかと、また自分を責めたのではと存じます。そういう人でした、あの人は……理由はどうあれ小田島は、これで苦しみから逃れられました」

「織江殿……」

「でも……」

織江は、落としていた目をきっと上げた。

「だからといって、私は、夫を斬り捨てた人間を許す訳にはまいりません。稲富様から仕打ちを受けるのならともかく……」

「織江殿、その件については我らに任せられよ」

「塙様……」

「織江殿は残された幸太郎殿を育て上げることが、小田島殿の遺志。不幸にして小田島殿は逝ってしまったが、小田島殿が救われたのは、たったひとつ、そなたと幸太郎殿を得られたことだったと俺は思うぞ」

「……」

「織江殿は、小田島殿との思い出を大切になさることだ。それがなによりの供養だと存ずる」

「塙様」

十四郎を見詰めてきた織江の双眸《そうぼう》に、越してきた小田島との逃亡生活が浮かんできたようだった。

見知らぬ土地の、谷川の傍の壊れかけた藁葺《わらぶ》きの小屋で幸太郎を産み落とし、小田島と手を取り合って感涙《かんるい》に咽《むせ》んだことを……。

幼い幸太郎の手を、両脇から引いて歩いた夕焼けの小道を……。

そういった話を、十四郎は織江から、つい先日聞いたばかりであった。

それはまるで、回り灯籠の儚《はかな》げで切ない絵姿をみるようだったが、今にして思えば、旅から旅への苦しい生活を強いられてきた夫婦親子の間には、他人には窺い知れないほどの深い絆があった筈だ。

「心を確かに、織江様。お登勢様もお二人の今後については、できるだけの助力はさせていただきたいと申しております」

藤七のその言葉を潮に、十四郎と藤七は織江の長屋を辞した。

藤七が木戸に消えるのを見送って、十四郎が我が家に足を踏み出そうとしたその時、

「あなた……」

織江の泣く声が聞こえてきた。

――織江殿。

織江の啜り泣きは、遠慮がちだが、しかし、きりきりとした思いを秘めた、糸を引くような声だった。それが、冷たい夜のしじまに溶けていく。

十四郎は、聞いてはいけないものを聞いたようなそんな気がして、足音をしのばせて、その場を去った。


あの時の織江の声は、まだ十四郎の耳から離れないでいる。

平右衛門町の菊屋が見渡せる柳橋の袂で、川岸に揺れる船宿の舟を見ながら、十四郎は啜り泣く織江の声を思い出していた。

十四郎は襟を合わせた。

風は冷たく、じっと立っているのが辛いほどだった。

夏の間はまだこの時間なら、柳橋は往来の人で賑やかである。だが、さすがにこの季節になると、人の影はまばらであった。駕籠《かご》屋が空駕籠を担いで、急ぎ足で橋を渡っていく。どこかの料理屋の客に呼ばれたに違いない。

十四郎が駕籠かきをやりすごして、また菊屋に目を戻した時、藤七が走ってきた。

「出てきます」

「うむ……」

十四郎は目を凝らして、菊屋の玄関を見た。

すると、女中に送られて武家三人が出てきた。武家の一人は提灯を手にしていたが、天を仰いで月の出ているのを確かめると、女中に提灯を戻し、三人は菊屋を後にした。

「あの真ん中の男が市岡です」

「うむ……」

「十四郎様、くれぐれも近藤様のお言葉、忘れないで下さいませ」

「なんだ」

「先々のことを考えて、無茶なことはなさいませんように。そう申しておられました」

「分かっておる」

十四郎は、ほろ酔い気分で両袖に手をつっこんで前を行く、市岡たちを追った。

市岡は梅香に大御番衆だと言っていたらしいが、今は無役であった。

両脇に腰巾着のようにくっついているのは、大御番衆の次男三男の、つまり家では厄介者《やっかいもの》扱いされている連中だった。

そういうことが分かったのは、金五の調べによってだった。

金五は、市岡という男は大森代官所時代の不正が発覚して江戸に戻されたのだと言った。

市岡は暇をもてあまして、不正で手にした金を元手に、腰巾着を引き連れて遊び回っているらしい。

市岡は、不正がばれても、やることは以前の銀役人のときそのままのようである。

小田島は、市岡の過去を知って、それで市岡に会いに行ったのに違いなかった。

藤七が麴町谷町の洗濯屋の伊太八《いたはち》という男から、小田島が市岡の家を尋ねていたことを聞いてきた。

しかも小田島は、その日は夕刻まで隣町の谷町の飲み屋で過ごし、日の暮れるのを待って、大御番衆の屋敷が広がる坂の上へ歩いていったという。その話を藤七が聞いたのは、飲み屋の女将だった。

飲み屋の女将は、一帯が武家の屋敷地なので浪人はむしろ珍しく、何か訳もありそうだったので、なんとなく見送ったのだと言ったという。

女将が見送った坂の中ほどには、市岡の屋敷があった。藤七は屋敷の前に、無数の血痕があったことも確かめていた。

小田島は、市岡を訪ねていった翌日に、麹町の廃寺の池で遺体となって見つかっている。幾重にも状況を合わせてみると、市岡たちが小田島を殺したのは、まぎれもない事実だった。

市岡たちは一人殺した後だ。しばらく柳橋には寄りつかないのではと思っていたが、そうではなかった。

市岡たちは平然として、今日菊屋に現れたのだ。

十四郎は前を行く市岡たちに悟られぬよう、一定の距離をおいて尾けていく。

市岡たちは、神田川べりにある酒井左衛門尉《さかいさえもんのじょう》の下屋敷の前を過ぎ、辻番所を越えたところで、新《あたら》シ橋《ばし》に足をむけた。

十四郎と藤七も、新シ橋をゆっくり渡った。

だが、三人が橋を渡り切ったところで、十四郎と藤七は猛然と走って追った。

橋の袂には柳原《やなぎわら》の土手が続いていて、人の影はまったくなかった。

「待て」

十四郎の声に、三人はぎょっとして振り向いた。

「血の臭いをさせて料理屋通いとは、呆れた連中だな」

「誰だ」

腰巾着の一人が、じっとこちらを見詰めてきた。だがすぐに、

「知らない顔だな……俺たちに何の用だ」

「そっちが知らなくても、こっちは何もかもお見通しだ」

「何っ」

三人は一斉に緊張して、腰を引いた。手は刀の柄《つか》に置いている。

「元銀役人市岡玄之進。小田島殿を斬って寺の池に捨てたのはお前たちだな」

十四郎が言うより早く、三人はそろって刀を抜き放った。

「見ず知らずのお前に言われる筋合いはないぞ。あやつは、五年前のたわいもな

い話を持ち出してきた。刀を抜いたのはむこうが先だ」

市岡は、両脇の腰巾着に同意を求めるような視線を送ると、にやりと笑った。

「たわいもない話だというのか……許せん。将来ある武士の道を閉ざし、そればかりか命を奪った。市岡、上役に残らず話して罰を受けるか」

「薄汚れた浪人一人の命、なにほどのものでもなかろう」

市岡は、肩を揺すって笑ってみせた。だが据わった目が鋭く光ったと思ったら、両脇の武家に顎をしゃくった。

左右から武家二人が地を蹴って襲ってきた。

「藤七、離れろ」

十四郎は藤七を一方に押しやると、襲ってきた腰巾着の刀を右に左に撥ね上げて、下ろす刀で一人の額を割り、もう一人の頸部を斬った。二人はほとんど同時に、音を起《た》てて落ちた。

「十四郎様」

咎《とが》めるような藤七の声が飛んできた。

十四郎が市岡を振り返ると、市岡は色を失くして、後退《あとじさ》りする。刀を構えたまで、一寸きざみに下がっていたが、やがてくるりと踵《きびす》を返し走り去ろうとしたのである。

「待て」

十四郎はその刹那、市岡の前に走り込んで立ちふさがった。

「ええい」

市岡は闇雲《やみくも》に斬り込んできた。

十四郎はその刀をとばして市岡の懐に飛び込んだ。そして市岡の小刀を引き抜くと、刃を返して市岡の腹に突き刺した。

「小田島殿の無念を知れ」

「うっ……」

声を発して、市岡は十四郎に縋《すが》るような姿勢で膝をついた。

十四郎は、握っていた小刀にもう一度力を込めて市岡の腹をえぐると、市岡の右手にその小刀の柄を握らせて、自身の手を添え、市岡の腹を横一文字に引いた。

市岡は、もう一度ぐうっという声を発したが、十四郎が後ろに回って座らせると、頭をだらりと垂れ、腹を抱えるように前屈みになり、それで動きを止めた。

「十四郎様……」

藤七が近づいてきて、市岡の背を見下ろした。

「藤七、金五の気持ちはありがたいが、こんな男を生かしておいては世のためにならぬ。そうではないか」

「はい、おっしゃる通りでございますが、しかし……」

「俺のことはいい……これでいいのだ」

「はい……」

二人は見詰め合って苦笑した。

その耳朶《じだ》に、川のせせらぎが聞こえてきた。

突然、辺りは静寂に包まれたようだった。

織江親子に、美山藩への帰藩の知らせがきたのはまもなくだった。

親子はいったん藩邸に引き取られ、それから西国へ出立した。

二人が出立したと聞いた冬晴れの午後、十四郎は橘屋の裏庭で、枯れ葉を燃やしている万吉とお民の姿を追っていた。

お民が細い枯れ枝で焚き火の中を突っついているところをみると、どうやら芋を焼いているらしい。

――焼き芋か……。

またふっと十四郎の脳裏に、枯れ葉の散り敷いた街道を踏み締め踏み締め、織江親子が西に向かう姿が浮かんできた。

「十四郎様。今、玄関に波江様がおみえになりました。十四郎様を捜しているのだとかおっしゃられて」

お登勢が小走りにやってきた。

「お登勢殿、いないと言ってくれ」

「あら、よろしいのですか」

お登勢は、くすくす笑って、きゅっと睨んだ。

十四郎はそろりと庭に降りた。裏木戸に走ろうとして庭下駄を探していると、

「十四郎殿」

頭の上で声がした。

ぎょっとして振り仰ぐと、波江が険しい顔で廊下に立ち、十四郎を見下ろしていた。

第二話　冬の鶯《うぐいす》

一

風は雨をともなっていて、軒下にけたたましい音を起てながら、わずかな隙間を探して湿った空気を運んできた。

「降ってきましたね」

伊沢《いざわ》と名乗った同心は、誰に言うともなく呟いて戸口に目を遣り、手にあった湯呑み茶碗を置いた。

十四郎も組んでいた腕を解くと、思案していた目をちらっと外に泳がせた。

十四郎たちが座っているのは縁切り寺『慶光寺』の寺務所の中である。

土間に続く玄関口の表戸は締め切っていて、外の景色が見える筈もないのだが、寺務所から呼び出しを受け、お登勢と、橋屋を出て慶光寺の堀にかかる石橋を渡ってくる時には、強い風に煽《あお》られはしたが雨は落ちてはいなかった。ふとそれが十四郎の頭を過《よぎ》ったのである。

寺務所の中には、先程から重苦しい空気が漂っていて、天候の行方にいちいち相槌を打つ者は一人もいなかった。

金五は黙って火鉢に手をかざして座っているし、寺務所の手代も、伊沢の供をしてやってきた岡っ引の源次《げんじ》も、板間の隅で膝を揃えて座っていた。

一同が一様に顔を上げたのは、まもなくだった。

砂利を踏みしめる音が近づいてきて、寺務所の戸が開き、冷たい空気とともに、お登勢に連れられておきよが入ってきた。

おきよは寺入りしてまだ半月足らずの女であった。

お登勢が伊沢同心の知らせを持って、慶光寺に駆け込んだ女たちが住む長屋まで、おきよを迎えに行ってきたのである。

おきよは、寺務所の土間に入ってくるなり、

「あの……あの人が、亭主が殺されたって……本当ですか」

上方訛《なま》りで聞いてきた。険しい顔を伊沢にひたと向け、しかし何が起こったの

か理解できないようだった。

「あんたが、おきよさんか」

伊沢は立っておきよの傍まで歩み寄ると、片膝を立て、腰を落としておきよの顔をじっと見た。

「へえ」

「そうか……まあ、上に上がれ。そこは冷えるぞ」

「いえ」

「おきよさん」

お登勢も勧めるが、おきよはここでいいのだとかぶりを振って、

「竹次郎《たけじろう》さんは、どこで、誰に殺されたのでしょうか」

せっつくように伊沢に聞いた。

「池之端《いけのはた》だ」

「池之端……」

「不忍池《しのばずのいけ》のほとりだ。誰に殺されたか、その詮議はこれからだが、お前には見当はつかぬか」

伊沢の問いかけに、おきよは首を振って否定した。

「そうか……」

伊沢はそれで口を噤《つぐ》んだ。

おきよの亭主竹次郎は手間取りの大工だと聞いている。

だが、おきよが駆け込みをしてきた時、十四郎が神田岩井町《いわいちよう》の裏長屋を訪ねてみると、大工道具はあるにはあったが土間で埃《ほこり》をかぶっており、長屋の者たちは竹次郎が仕事に出かけたのを見たことがないと口を揃えた。

おきよの話でも、一緒になって一年足らずだが、竹次郎は博打《ばくち》に明け暮れ、時には一月も家を空けることがあったと言い、本人に尋ねずとも、長屋に一歩踏み込んだだけで竹次郎の生活は瞭然として見えた。

それで、おきよの寺入りは、間をおかずして決まったのであった。

だが昨日になって、竹次郎は突然おきよに話したいことがあると慶光寺に現れた。

むろん、金五はすぐに追い返したのだが、その竹次郎が殺されたとあっては、いささか金五も寝覚めが悪いようである。

「あの人に会わせていただけるのでしょうか」

おきよは、伊沢の顔を窺うようにして聞いた。

伊沢は、その答えを求めるように金五の方を振り向いた。

「せめて、見送ってやりとうおす。お願いします」

今度はおきよは、金五に訴えるように言った。

「いいだろう。争う相手が亡くなったのだ。今日すぐに寺を出すという訳にはいかんが、数日内にお前は寺を出られるのだ。別れを惜しんでくるがいい」

金五は言った。

「塙殿、ここですよ。そこの土手の下に竹次郎は転がっていたのですよ」

伊沢は、葉を落として骨だけになった柳の枝が揺れている土手の上に立つと、下方に見える水際を指差した。

――おや……。

十四郎は水際になにかしらきらりと光るものを見て、土手に足をいれてみた。

「危ないですよ」

伊沢が言った。雨が止んで間もないことから、土手には水分を含んだままの枯れ草がへばりつくように横倒しになっている。

「いや、大事ない」

十四郎は、枯れ草にしがみつきながら土手の下に降りた。

と、そこには池の水が浸水していて、

──しまった……。

足を上げたが後の祭りで、草履《ぞうり》も足袋《たび》も水浸しになった。

土手の上で、くすくす笑う伊沢の声が聞こえてきた。

一帯の水際には葦《よし》が群生し、枯《かれ》色の体を所在なげに突っ立てていた。

──先ほどの光はこの辺りだったが……。

辺りを入念に見回したが、何もなかった。雨に流されたのか血痕のひとつも残ってはいなかった。

「光ったのは夕日でしょう。一応私たちもつぶさに調べていますから、もう何も残っていないはずです」

と伊沢は言って苦笑した。

この場所で竹次郎の遺体を見つけたのは、近くに住む隠居だった。

隠居は毎朝、散歩がてらここに来て、鴨に餌をやっていた。ところが今朝は、葦の中に頭からつっこんで倒れている竹次郎を見て仰天し、番屋に駆け込んだのだと聞いている。

まもなく遺体は引き上げられ、番屋の数軒隣にある飲み屋『ぽん太』の女将の証言で、死人の名は竹次郎、住まいは神田の岩井町だと知れた。

女将の話によれば、竹次郎はぽん太に女連れで現れたり、夜遅くにふらっと一人で現れたり、けっこう馴染みの客だったようである。

ただ、女将は、竹次郎が何か危ない仕事をやっているのではないかと見ていたらしいが、それが何なのか実際のところは知らないと言ったという。

身元が知れたところで、伊沢は岡っ引の源次を岩井町の裏長屋に走らせた。

ところが、竹次郎の女房おきよは慶光寺に駆け込んでいると聞き、それですぐに、伊沢が竹次郎の死を知らせに走ったのだった。

「風邪を引きますよ。引き返しましょう」

伊沢が足踏みをしながら、声をかけてきた。

「うむ……」

十四郎はもう一度辺りを見渡した後、土手を這い上がりながら、不可解なおきよの表情を思い出していた。

十四郎と藤七がおきよを連れて池之端の番屋にやってきたのは、半刻《はんとき》（一時間）ほど前のことだった。

竹次郎の遺体は、三和土に置いた戸板の上に菰をかぶせられて寝かされていた。

「あんた……」

おきよは、竹次郎の遺体の傷を見て絶句した。竹次郎の傷跡があまりにも惨《むご》たらしかったからである。

一の太刀で左首根元から右脇腹に斜めに斬り下げ、返す刀で左胸を突き、そのあと右首根元に向かって斜めに斬り上げていた。ちょうど襷をかけた背中の紐を見るように、斜め十文字に胸が斬られていたのである。

盲縞の袷《あわせ》の着物が線を引いたように切り開かれ、切り口からは赤い肉が腫れ上がっているのが見えていた。

「これは……」

十四郎は遺体を見渡して絶句した。珍しい太刀筋、それも相当の遣い手だと思った。

竹次郎は即死だったと思われる。

おきよは、凍りついたような顔で、じっと竹次郎の傷口を見詰めていた。おぞましいものを見たような、険しい目の色だった。

十四郎は、おやと思った。

竹次郎と縁を切りたいと言い、寺に駆け込んできたおきよだが、どうあれ、一緒に住んでいた頃の、人としての情までなくなる筈もない。心のどこか片隅には、情のかけらは残っている筈である。

しかし、おきよの表情からは、わずか一年にしろ、夫婦だった男への憐憫《れんびん》の情よりも、敵にでも出くわしたような険しいものが見てとれた。

「おきよ、どうかしたのか」

「いえ……」

おきよは硬い頬をちらと見せただけだった。

——この女……。

十四郎がまじまじと見詰めた時、おきよはふっと我にかえったように表情を一変させて、

「あんた……勘忍」

ぽろっと涙を零《こぼ》したのである。おきよは歯を食いしばって、溢《あふ》れ出ようとする涙を胸の中に押し返しているようだった。

やがて、悲しみを呑みこむと、竹次郎を長屋に一度連れかえり、そこから野辺《のべ》送りをしてやりたいと、十四郎に許しを乞うた。

それで、藤七が付き添って、竹次郎の遺体は長屋に送られていったのである。

竹次郎はいっとき、長屋の者たちと別れを惜しんだ後、すぐに埋葬されることになったのである。

十四郎は「勘忍」と、おきよが思わず吐いた言葉が気になっていた。一瞬、夫婦が不仲になり寺に駆け込んだことを謝ったのかと思ったが、そうではないような気がしたのである。

——おきよの駆け込み、そして竹次郎の死……。

そこに何か、一言では語れない深い事情が隠されているような、そんな気がしたのであった。

「旦那……」

十四郎が一気に土手を這い上がった時、岡っ引の源次が走ってきて、ちらっと十四郎に目をくれると憚《はばか》るような声を出し、伊沢を促した。だが伊沢は、

「いいんだ。この人は松波《まつなみ》様とも懇意の方だ。何か分かったのか」

せわしなく足踏みを続けながら聞いた。

「へい。少し分かってきやした。竹次郎はどうやら、昨夜賭場帰りを狙われたんじゃねえかと言う者がいるんですがね」

「賭場だと、どこの賭場だ」

「この裏の、御数寄屋町《おすきやまち》のどこかで賭場が開かれているようなんですが、ただしこれは、拾い集めた話ですので、賭場の場所は今のところ分かりやせんが……」

池之端仲町《なかちょう》の裏側に広がる御数寄屋町には、御数寄屋坊主や茶人たちの屋敷がある。町は、茶道具や書画の店や刀剣の店などで繁盛していた。

賭場はその町のどこかで開かれていたらしいと、源次は言ったのである。

「まさか、御数寄屋坊主の屋敷ではないだろうな」

伊沢は、厳しい顔で聞いた。

「かもしれませんぜ」

源次は含みのある相槌を打ち、まっ、調べはこれからですがね、と苦笑してみせた。

二

「あら、十四郎様。お登勢様がお待ちでございますよ。それに、近藤様もお見えになっています」

かいがいしく襷をかけた女中のお民が、立ち上がって言った。

だがすぐにお民は腰を落として、玄関脇の一角で先輩女中たちと、また品定めに入ったようだ。品定めをしているのは竹だった。

輪の中は華やいだ声に包まれていた。そしてその女中たちがぐるりと取り囲んでいるのは、煤竹《すすだけ》売りの鼻筋の通った若い男だった。

男は小意気に手ぬぐいを被り、紺の股引に紺の足袋、草鞋の紐をきりりと締めて、裏地に派手な模様をあしらった袷の裾をちょいと尻端折《しりはしょ》りした季寄せ売り、束にして担いできた煤竹を足元に並べ、女たちの黄色い声に応えるように、竹の選別をしているのだった。

「笹の葉のたくさんついてるのにして頂戴ね」

「それと、まとめて頂くんだから、お安くしてよね」

女たちは口々に言い、そのたびにきゃっきゃと、弾けるような笑い声を立てている。

――そうか、明日は煤払《すすはら》いか……。

十四郎は苦笑を投げて、玄関の中に入った。

師走《しわす》も中頃になると、新年を迎えるための様々な荷売り屋が町々を走る。煤竹売りもそのひとつであった。

そういえば、十四郎が米沢町の裏長屋から深川の橋屋に辿り着くまでにも、凧《たこ》売り、暦《こよみ》売り、絵馬《えま》売り、御神酒《おみき》徳利の口飾り売りなどが、往来の中に目立っていた。

中でも煤竹売りがやけに多かったのは、明日からおおかたの店や屋敷が煤払いの日とあってのことだ。

煤竹売りの中には、川べりに煤竹を積んだ舟を繋《つな》いでおいて、そこから担げるだけの竹を担いで近辺を売り歩く者もいるほどで、今日は最後の商いに賭けているのか、景気のいい声を八方に投げていた。

――しかし……。

お民も一人前に、見栄《みば》えのする煤竹売りの兄さんに、黄色い声をあげるようになったのかと思い、ふっと笑いがこみあげてきたのである。

「十四郎様……」

玄関の框《かまち》に立ったところで、奥から藤七が出てきて促した。

急いで仏間に入ると、金五が茶を飲みながらお登勢と待っていた。

「十四郎様、藤七が妙な噂を聞いてきたんです」

お登勢は、十四郎が座るのを待って、困惑した顔を向けた。

「おきよのことか」

「ええ」

「どんな噂だ」

十四郎は襖を閉めて、そこに膝を揃えた藤七に聞いた。

「おきよさんは寺を出た後、すぐに池之端の料理茶屋『里村《さとむら》』に勤めはじめたようです。看板は料理茶屋ですが、春を売る店のようでして、岩井町の長屋の者たちは、みな眉を顰《ひそ》めて見ているようです」

「ふむ……しかし、春を売る売らないは別として、働かなくては食ってはいけぬのではないのか」

「それはそうですが、おきよさんは早々に竹次郎と決着つけたいがために、人を使って竹次郎を殺したのではないかと……そんなことまで囁かれているのです」

「……」

「おきよさんの態度は、亭主が非業《ひごう》の死をとげたことなど忘れたかのような振る舞いだというのです」

藤七の話によれば、おきよは水を得た魚のように、厚化粧をしてせっせと里村に通っているというのであった。

「金五、町方は、竹次郎を殺したのは近頃出没している辻斬りではないかと言っているそうだが、その後、何か言ってきたのか」

「それよ」

金五は、ぐいと背を伸ばして、

「松波さんの話では、近頃巷《ちまた》を騒がしている辻斬りは、みな、金持ちを狙っているというのだ。日本橋《にほんばし》の仏具屋『福田屋《ふくだや》』、大伝馬町《おおてんまちょう》の両替屋『日吉屋《ひよしや》』、それに京扇子の『京《きょう》屋』、皆そうだ。いずれも出先からの帰りを狙われている訳だが、辻斬りは金も奪っているのだ。ところが竹次郎だけは違った。奴が金を持っていたとは思えんだろう。金も持ってない竹次郎がなぜ殺されたのか、松波さんはそこに何かあるのではないかと言っている」

「そうか」

と、十四郎は腕を組んだ。

辻斬りが金目当ての殺戮《さつりく》を重ねているとしたら、確かに竹次郎を殺しても一文《もん》の得にもならぬ。いや、事実、竹次郎の巾着は懐にそのままあって、銭や小粒を合わせても二分《ぶ》にも満たない金子しか入っていなかったと聞いている。

ところが、竹次郎のあの傷を見れば、明らかに命をとるつもりで斬ったことは疑う余地もない。

――下手人は金が目当てではなかった。竹次郎の命を狙ったのだ。

胸の内にずっとあった黒い霧が、にわかに動いたようだった。

「おきよですか。あいにく手がふさがっておりましてね。いえいえ、他にも気の利《き》いた女子はいくらでも……ですからどうぞ、遊んでいって下さいな」

池之端の料理茶屋『里村』の女将は、如才のない愛想を振りまいて、十四郎と藤七に上がれと言った。笑うと夥《おびただ》しい皺《しわ》が濃い化粧の上を走っていた。

「女将、俺たちは客ではないのだ。おきよの知り合いでな。少し話があって参ったのだ」

「おや、そうでしたか」

女将は、急に笑みを引っ込めると、

「おきよの知り合いなら、ちょいと言い聞かせてほしいことがあるんですがね」

女将は態度を一変させて、

「いえね、おきよは男慣れして、あの器量でござんしょ。それに言葉も上方訛り、お客さんも贔屓《ひいき》にして下さる方が多うございましてね。それはそれで喜んでいるのですが、時々ひょいと外に勝手に出かけるんでございますよ、お客を待たせたままで。いくら人気があるっていったって、そういうことを繰り返していると、お店の面子《メンツ》にかかわります。勝手な真似はやめるように……そう伝えていただけませんでしょうか」

　皺に囲まれた眼を吊り上げた。

「では、今も外なのか」

「ええ、今夜は人相の悪い男と一緒ですがね」

「何、客ではないのか」

「お客だったら、あたしゃ文句は言いませんよ」

「そうか……で、どっちに行った？……右か左か」

　十四郎は店の外の暗闇を指した。

「さあ……でも、そんなに遠くには行っていない筈ですから、ちょいと池のほとりでも捜してみて下さいな」

「分かった。手間をとらせた、許せ」

　十四郎と藤七は里村を出て、前方の闇のむこうに広がる不忍池に向かった。

歩いているうちに、闇ばかりかと思ったが、青い月の光が、黒々とした池の水を照らしていた。

酔客数人が通り過ぎたが、他には人の影は見えなかった。

だが、女の嬌声《きょうせい》と三味線の音を遠くに背負いながら、二人が土手伝いに歩いていると、ふいに前方の木の陰に、黒い物が動いたのである。

「十四郎様」

藤七が、押し殺した声を上げた。

「うむ」

目を凝らすと、黒い物は二つだと分かった。それも一人は女、もう一人は町人の男だった。

「こっちに来るぞ」

十四郎は言い、藤七の袖を引っ張って、傍の木の陰に体を寄せた。

二つの影は月明かりを頼りにして、十四郎たちに気づいた様子もなく、押し黙って近づいてきた。

——おきよだ。

薄闇に白い顔が浮いて見えるほど、おきよは厚化粧だった。女は化粧の仕方によって、こうも印象が変わるものかと、十四郎は見詰めていた。

影が間近になるにつれ、おきよが、険しい顔つきで歩いてくることがはっきりと見てとれた。

一方の男は、見るからに堅気《かたぎ》ではなく、ちらちらと時折おきよに走らせる視線には険悪なものが窺えた。

「いいか、びた一文、違《たが》えるわけにはいかねえんだ」

男は、おきよの耳に口を寄せるようにして言った。どうやら男は、おきよを脅しているようだった。

おきよは、立ち止まって男を見上げた。険しい形相をして睨んでいたが、また力なく俯いた。

「なんども言うが、世間にばらされたくなかったら、言う通りにするんだな」

男はもう一度念を押すと、冷ややかな笑いをおきよに投げ捨て、踵を返すと薄闇に消えた。

「藤七……」

「承知」

藤七は、きらりと光る目で頷くと、音も起てず、素早く木の幹を離れていった。

その時である。

「ちくしょう」

おきよは、去っていった男の闇に毒づいて、そこにあった小石を思い切り蹴り上げた。今まで見たこともない蓮っぱな女に見えた。

どちらかというと、おきよは柔らかな色気のあるおとなしい感じの女だった。それが一転、おきよは、濃い化粧に変えた時から、人間が変わってしまったようだった。

呆気《あっけ》にとられて見詰めていると、おきよは突然不安に襲われたような顔をして、十四郎の前をとぼとぼと歩いていく。

「おきよ」

十四郎が声をかけた。

おきよはぎょっとした顔を上げ、

「塙様」

思わずそこに立ちすくんだ。

三

「お登勢様。松波様のお料理は、お見えになってからの方がよろしいですね」

お松《まつ》は、十四郎と金五の前に酒と肴《さかな》を運んでくると、傍に座すお登勢に聞いた。

松波とは他でもない、北町奉行所与力《よりき》、松波孫一郎《まごいちろう》のことである。

松波は吟味方《ぎんみかた》だが、慶光寺にかかわる事件については出張《でば》ってくることがあり、十四郎たちと松波は水面下で協力しあって、幾多の事件を解決していた。

「そうして下さい。お松さんにお任せしますから」

お登勢が応えると、お松は承知しましたと手をついて、静かに階下に降りていった。

お松は間違っても、座敷に残って酌をしましょうかなどと、余計なことは口にはしない。

十四郎たちが大切な話で来ていることを承知しているからである。

お松に限らず、この『三ツ屋《みつや》』で働く女たちは実に臨機応変な接客をする。他の店には見られない洗練された行儀のよさがあった。

それもその筈で、三ツ屋はお登勢が成した店だが、永代橋《えいたい》の袂にあって、昼間は茶屋、夜は船宿として営業していて、働いている女たちはみな、慶光寺に駆け込んで修行を終えた女たちだった。

修行は慶光寺の主、前将軍家治《いえはる》の側室お万《まん》の方、落飾して名を万寿院《まんじゆいん》と改められた方のもとで、武家の女中なみにみっちりと仕込まれている。

だから慶光寺の修行を終えた時には、どこに出しても恥ずかしくない女に仕上がっていた。そういった女たちが粛々《しゆくしゆく》と働いているのである。

ただ、女たちは、夫と縁は切れても行く当てのない女、身過ぎ世過ぎの目途《めど》のたたない女、それに駆け込み寺に入る折の上納金をお登勢に肩代わりしてもらっている女などで構成されていた。

お松は、その三ツ屋の帳場をお登勢から任されている女であった。他の客はともかくも、慶光寺に関係のある者たちが座敷に上がると、お松は自身で接客をすることに決めているようである。

「それで、おきよさんは、その男のことは何と説明したのです」

お登勢は、お松の足音が遠ざかると十四郎に聞いた。

「それだ……おきよはこう言ったのだ。男は、竹次郎に金を貸していた者だと言い、取り立てにきたのだと……」

「何のための借金だ」

金五は、口元まで寄せていた盃を止め、きらりと視線を投げてきた。

「博打だそうだ。三十両だと言うのだが、聞いてみると証文がある訳ではない口約束だ。そういうことなら払わなくてもいいんだと言ってやったんだが、おきよの顔は晴れなかった」

「嘘をついてますね、おきよさん」

お登勢は言った。背筋を伸ばすと、ひたと視線を十四郎に向け、

「それに、これは私たちの手落ちでしたが、おきよさんのこと、本当はなんにも分かっていなかったような気がします。もっとよく調べるべきでした。いまさらですが捨て置けません」

自身の甘さに憤っているような、強い口調だった。

おきよの駆け込みは、亭主の竹次郎の生活に目に余るものが見え、それで早々に寺入りは決定されたが、お登勢の言う通り、もう少し詳しく調べるべきだったと十四郎も考えていた。

その咎は調べに当たった自分にある、と十四郎は思っている。

「松波様がお見えになりました」

廊下でお松の声がした。

「ごめん」

松波は難しい顔をして入ってくると、

「私はもう一度奉行所に戻らねばなりません。手短に竹次郎の一件、判明したことを伝えておきます」

忙しそうに、そこに座った。

「まず、竹次郎の素性ですが、元はといえば女衒《ぜげん》でしたよ」

「何、大工ではなかったのか」

金五が、驚いた顔で聞いた。

「正確には、五年ほど前に亡くなった女衒、勝蔵《かつぞう》という者の手下だった男です。勝蔵が亡くなった後は、竹次郎はもっぱら女郎を足抜きさせ、別の地の女郎宿に売るといった危ない仕事をしていたようです」

松波の話によれば、たとえば上方の女郎を足抜きさせて江戸の女郎宿に売り、江戸の女郎を足抜きさせて上方の女郎宿に売るといったやり方で、苦界《くがい》から逃げ出したいと考えていた女郎を騙して、荒稼ぎをしていたらしいというのである。

竹次郎が足抜きをさせる女郎は、とびきりのいい女ばかりを狙ったもので、また、女たちもなにがしかの事情を抱え、命がけででも苦界から脱出したいと願っていた者ばかりで、竹次郎の手引きに従い、進んで足抜きをしてきたようだ。

竹次郎は、一見、見目もよかった。だが、どこかに危なげなものも漂っていた。どういう口説き文句で籠絡《ろうらく》したかは分からないが、その相反する竹次郎の風貌は、かえって女心を捉えるのに役に立ったのかもしれぬ。

女たちが騙されたと気づいた時には、遠い、見知らぬ国の女郎宿に売られてしまった後だという。女郎の哀しい心情を逆手《さかて》にとったあくどい新手の商売だった。

そうして手に入れた金で、竹次郎は博打場に通っていたのだと松波は言った。

竹次郎は、救いようのない悪党だったのである。

「竹次郎が殺害されたその背景には、多分にそういった商いがらみの黒い部分があったのかもしれぬ」

松波はそう言って、十四郎をじっと見た。そしてすぐに話を継いだ。

「とはいえ、運悪く辻斬りにあったという線も捨てきれぬ」

「松波さん、その辻斬りだが、商人たちを襲った者と同一人物だと聞いていますが……」

十四郎は、番屋で見た竹次郎の傷を思い出していた。

「同じです。配下の伊沢の報告を見る限り、同一人だと思われます。ただ、他の者はみな柳原通りでやられていますが、竹次郎だけは池之端です」

「ふむ」

やはりな……と、十四郎は考えている。やはり辻斬りは、竹次郎を斬るつもりで、池之端に現れたのだと確信した。

「まさかとは思うが、おきよが竹次郎殺害を依頼していたのではあるまいな」

ふっと金五が呟いた。


屋敷地は百坪程もあるだろうか。

昼の間に素通りしながら覗いた玄関口には、蕾《つぼみ》の膨らんだ寒椿《かんつばき》が植わっていた。屋敷は板塀に囲まれていて、塀に沿って梅や桜の木も見えた。

だが今は、そういったものの全てが闇の中に溶け込んでいた。

十四郎と藤七は、底冷えのする屋敷の外の板塀にへばりつくようにして、仙次《せんじ》が出てくるのを待っていた。

仙次とは、数日前の夜、池之端でおきよを脅していたあの男である。

あの夜、藤七は仙次を尾けて、住まいは神田相生町《あいおいちょう》にあって、博打で食っている渡世人《とせいにん》だと調べ上げていた。

その仙次が、足繁く出入りしているのが、十四郎たちが張り込んでいる御数寄御坊主組頭《くみがしら》多田竹庵《ただちくあん》の屋敷であった。

御数寄御坊主とは、早い話がお茶汲み坊主、城内の『御茶所』に詰め、茶を淹れるのが役目である。

組頭格で四十俵、御四季施代《おしきせだい》金四両の御抱席《おかかえせき》で、諸大名に顔を売って付け届けをあてにしなければ生活は成り立たない身分であった。

しかしだからといって、茶人たちまでが屋敷の中に賭場を開くとは、いくら金の世の中とはいえ、情けない限りである。

清浄な心で茶の道を究めるべき茶人の家に、人の顔も見定められないおぼろな闇が家並みを覆い始めたころ、一人二人と裕福そうな町人たちが、背を丸めて、人目を忍ぶようにしてやってくる。

町人たちはみな、屋敷のくぐり戸の前に立つと、戸を二度拳で打った。すると、中から二度、拳の音が返ってくる。それを確認した後、今度は三度こつこつと叩くと、くぐり戸が開いた。

そうして町人たちは、塀の中に次々に入っていくのであった。

町人の中に仙次の姿はなかったが、藤七は、すでに仙次は屋敷の中に入っている筈だと確信ありげに言ったのである。

町人たちが塀の中に消えていったのは暮れの六ツ（午後六時）、まもなく四ツ（午後十時）になろうというところだが、藤七の話では、連中は亥《い》の刻を合図に散会するらしいから、仙次が出てくるのはまもなくだというのである。

くぐり戸に目を凝らしていたところ、なるほど四ツの鐘が鳴りはじめると、くぐり戸が忍びやかに開き、町人たちが一人また一人と出てくると、もと来た道に消えていく。

誰も言葉を交わさず、無言で来て、無言で帰っていくのであった。

「仙次です」

藤七が囁くように言い、くぐり戸を睨んだ。

黒い影が、くぐり戸を出たところで、辺りに鋭い目を走らせている。紛れもなく仙次だった。

仙次は闇の中の安全を確かめると、すいとその闇に溶け込むように踏み出した。

身のこなしは、他の町人にはない、人の目を憚る、悪の道を行く者の所作《しよさ》だった。

仙次は、住まいのある神田相生町ではなく、まっすぐ池之端の方に向かってい
るようだった。

――また、おきよを脅しに行くのだ。

と思いながら、首を窄《すぼ》めて足早に行く仙次の後ろを、十四郎と藤七は一定の距
離を置いて尾けていった。

左手に旗本屋敷、右に地蔵堂があるところで、仙次を呼び止めた。

人っ子一人いない夜の静寂に、
仙次は振り返るのと同時に身構えて、懐の匕首《あいくち》を握っていた。

「誰でえ」

だがすぐに、

「平山《ひらやま》の旦那で……」

探るような目を向けてきた。

「平山？……俺たちは竹次郎の知り合いだ」

十四郎がずいと進み出て言った。

「何だと」

仙次は、じりっと、僅かに後退りしたようだった。

両足を広げていつでも飛びかかれるように踏ん張ると、鋭い視線を放ってきた。

表情は墨色に覆われて読み取れないが、闇に放つ眼光は凶悪だった。

「お前に聞きたいことがある」

「な、何だ」

「竹次郎を殺《や》ったのは、誰だ」

「知るもんか」

「ならばなぜ、おきよを脅したのか、訳を言うんだ」

言い終わらないうちに、仙次は十四郎の胸に飛び込んできた。

十四郎はするりと躱《かわ》したが、仙次はすぐに体を返して突っこんできた。

一瞬鈍い光が、十四郎の脇腹あたりを掠《かす》めていったが、十四郎はすばやく仙次の手首を手刀で打っていた。

匕首が、音を起てて足元に落ちた。

同時に仙次の襟首を十四郎が摑んだ時、藤七が拾い上げた匕首を仙次の首に突きつけた。

「おとなしくしろ。来るんだ」

十四郎は一喝した。

四

「知らねえよ。あっしは竹次郎のダチだったんだぜ……その俺が、なんで竹次郎を殺れるんだ?……ケッ、旦那、いい加減にしてくれって言いてえよ」

仙次は、どかりと腰を据えると言い放った。

十四郎と藤七が仙次を連れ込んだのは、池之端の番屋だった。

ちょうど岡っ引の源次もいて、仙次を番屋の板間に座らせると、竹次郎殺しの詮索に入ったが、仙次は胡坐《あぐら》を組んで横を向いた。

番屋の板間は罪人の一時預かりの役目も担っていた。

微罪の者は縄で縛らずに取り調べをしていたが、暴れたり危害を加えたりするようなら、重罪の者と同じく、すぐに後ろ手に縛り上げ、その縄の端を、壁に設えてある鉄輪にくくりつけた。

仙次が竹次郎殺害に関与しているかどうかは、これからの取り調べにかかっていたし、先程まで博打をやっていたのはむろん明白だったが、博打は現行犯でなければ町方といえども手が出せない。

それを知っているからこそ、仙次は番屋に引っ張られたぐらいでは、少しも怯む様子を見せなかったのである。

あちらを向いて知らん顔の仙次の横顔に、十四郎は聞いた。

「お前が手を下さずとも、誰かに頼めば殺しはできる。そうだろう」

仙次は、ふっふっと小馬鹿にした笑いを作ると、首を回して十四郎の言葉に噛みついた。

「旦那、お言葉ですが、どうして、あっしが殺しを誰かに頼む必要があるんですかい」

「おきよに頼まれたのではないのか。誰かを使って竹次郎を殺してくれと……だからお前はそのことでおきよを脅した。俺は見たのだ。お前がおきよを脅しているところをな……」

「知らねえよ」

「仙次」

「うるせえや。証拠もねえのに、こんなところに押し込めやがって……」

仙次が十四郎を押し退けて立とうとしたその時、源次がいきなり、傍にあった煙草盆をひっくり返した。

煙草盆は、夜の静寂に、びっくりする程の音を起てた。

その音で、表で寝ずの番をしていた店番が、体を捩って板の間に厳しい視線を送ってきた。

源次はその店番に聞こえるように言い放った。

「暴れたな、仙次。お縄だ」

源次は、あっという間に仙次の手首を縛り上げ、壁の鉄輪にくくりつけた。

「嘗《な》めるんじゃねえぜ、仙次。この旦那の後ろには、北町の与力様がついていらっしゃる。本当のことを吐け。でないと、俺がお前の罪をでっち上げてやってもいいんだぜ」

源次は仙次の上を行くやくざっぷりで脅し、十四郎には、

「旦那、これでちったあ、おとなしくなりやすでしょう。存分にお調べ下さいませ」

敷居際に座って、十手を肩に担いでどかりと座った。

十四郎は苦笑して頷くと、仙次に向いた。

「もう一度聞く。なぜ、おきよを脅していた」

「ちっ、旦那。おきよはな、上方で足抜きをしてきた女だぜ」

「何」

「それで脅してやったのよ。ばらされたくなかったら、金を出せってな」

「嘘偽りはないな」

「俺は竹次郎から聞いていたんだ。足抜きをさせて連れてきたんだが、おきよについては、どうにも情が移って売り飛ばせねえんだってな……」

「…………」

「嘘じゃねえ。竹次郎の奴は、がらにもなくおきよに惚れちまってたんだ。まあ、だから殺されたんだろうが」

「どういうことだ」

「よくは知らねえけどよ、竹次郎の奴は、おきよに戻ってきてほしくて、あるお武家を捜していたんだ。居場所を突き止めれば、おきよはきっと自分のところに帰ってきてくれるってね」

「突き止めて、どうするんだ」

「おきよの敵《かたき》だったんだとよ、そのお武家というのが」

「敵……おきよは敵持ちだったのか」

「らしいぜ……詳しく知りたけりゃあ、本人に聞いてみるんだな。こっちは知ったこっちゃねえよ、全く……冗談じゃねえぜ」

仙次は薄笑いを浮かべて言った。

「仙次、ひとつだけ言っておく。二度とおきよを脅したら、俺が許さぬ。覚えておけ」

十四郎はぴしりと言った。

「おきよ、話してみろ。お前一人では手に余る話だろう。下手をすれば、お前まで命をとられるぞ」

十四郎は、目の前で襟を抜いて、首に化粧を施しているおきよに言った。

だがおきよは、白い背中を向けたままで、せっせと鏡に向かっていて、どうかして顔を鏡に近づけたり離したりするたびに、背中はなまめかしい稜線を描いていた。

十四郎は目を逸らした。傍にはお登勢がいる。目の前の光景を見詰めるのは気恥ずかしいものがあった。視線は自然と、長屋の腰高障子《こしだか》を指した。

するとそこには、足早に去っていく陽の光が、長屋の路地に茜《あかね》の色を落としていて、障子を朱に染め上げていた。

「おきよさん。あなた、私たちに嘘をついていたんですね。自身のことも、竹次郎さんのことも……」

お登勢は、白い背中に向かって厳しく言った。声音《こわね》にはお登勢の怒りが込められているようだった。

女の窮状を救うための縁切り寺。それを支える橘屋のお登勢は、まず、駆け込んできた女を信用するところから始める。少々自分勝手な申し立てをする女がいても、諌《いさ》めはしても責めることはしない。それは一にも二にも、その女の幸せを願っているからに他ならない。

しかし、今度のように、なにもかも嘘っぱちの上に成り立った駆け込みだと知った以上、お登勢が怒るのも無理はなかった。

「おきよさん。なんとかおっしゃい」

お登勢が、もう一度厳しい声をかけた。

するとおきよが、ぱたりと音を立てて化粧箱の蓋を閉じると、背中を向けたままで、

「チャ、チャ……チャ、チャ、チャ」

何かの鳴き声を真似してみせた。

十四郎とお登勢が怪訝な顔を見合わせた時、おきよはくるりと膝を回して、こちらに向いた。

首は白いが、顔はまだ化粧の途中で、目鼻も口元も素のままだった。なぜかそれが、いっそうしどけなく映って見えた。

おきよはふっと、寂しげな笑みを見せると、

「今の鳴き声、何だか分かります？」

突然、本題とは別の話を仕掛けてきた。

唖然として見詰めている十四郎とお登勢に、おきよはもう一度笑みを見せると、

「鶯《うぐいす》なんですよ……冬の鶯……笹鳴《ささな》きっていうんです。冬枯れの野に身を隠して鳴く鶯の声なんです……仲間とも家族ともいい人とも別れて、一人ぼっちになった鶯が、茜色に染まる枯野《かれの》で鳴くんです。チャ、チャ……チャ、チャって。私の生まれた大和《やまと》の国の在所の話ですけどね……でも、私にそっくりだって。このように、茜色に染まった冬の日は、いつも思い出してしまうんです」

おきよは言い、寂しげに頭を垂れた。

「おきよ、お前は勘違いをしておるのではないか。お前は冬の鶯などではないぞ。

一人ぼっちでもない。そうだろう、俺もお登勢殿もお前をほうっておけないからここに来ているのだ」

おきよはふっと投げやりな笑みを作った。

「お登勢殿が厳しく言うのも、お前がただ憎いからではない。なんとか幸せを摑んでほしいから言っているのだ。そんなことも分からんのか、お前は……」

「……」

「おきよさん。十四郎様のおっしゃる通りですよ。万寿院様も心を痛めておられます。近藤様も案じておられます」

「お登勢様……」

おきよの瞳に、みるみる膨れ上がるものが見えた。

「私、塙様やお登勢様が思っているような女じゃないんです……私……」

おきよは、声を詰まらせた。だがまもなく顔を上げると、

「私、仙次さんの言った通りの女です。京の島原《しまばら》を抜けてきた女です」

おきよは叫ぶように言った。

「おきよさん……」

「お登勢様。足抜きが見つかれば奴《やっこ》の刑です。女郎宿からの追っ手に捕まれば、

命はないかもしれません。でも、それでも、命を懸けても、やらなければならないことがあるんです」

「敵討ちだな」

十四郎が聞いた。

おきよは一瞬返事をためらったようだった。せわしなく瞬《まばた》きをして涙を目の奥に押しこんだ後俯くと、小さい声で「はい」と言った。

「おきよ、俺たちは、お前をどこかに突き出そうとしているのではないぞ。お前の命を案じているからこそ、訪ねてきたのだ」

「塙様……」

「話してみなさい、力になれるやもしれぬ」

おきよは、じっと十四郎を見詰めていたが、手を膝に戻すと、まず、私の名は『希代』と書くのだといった。

希代《きよ》は、大和の小藩、新城《しんじょう》藩一万五千石の奥医師、奥平権太夫《おくひらごんだゆう》の一粒種、母は志野《しの》という人だった。

奥平と志野の間には、希代以外に子はなく、奥平は希代に婿を迎えて跡をとらせるつもりでいた。

ところが、希代が十八になったばかりの春の頃、小人役《こびとやく》の平山九蔵《きゆうぞう》なる人物から縁談を申し込まれた。

奥平家は家禄五十俵と三人扶持、平山家は代々世襲の百五十石、家禄だけ見れば歴然とした差があったが、父の権太夫はこの縁談を即座に断った。

理由は、相手が小人役だったからである。新城藩では小人役は罪人の首を斬るのが主な仕事、家禄はともかくも、そんなけがらわしい役に就いている者に、娘はやれぬと思ったからだ。

たとえ家禄五十俵とはいえ、奥平家は時には殿の脈も診《み》るお役に就いている。藩の権力者近くに侍《はべ》る奥医師と罪人相手の小人役では、役柄においてあまりにも対照的だったのである。

禄ではなく、体面を重んじていた権太夫は、内証はよくても小人役の家に娘をやれば娘は一生、他の藩士に蔑《さげす》まれて生活をすることになると考えたからだった。

ところが、平山九蔵は素知らぬ顔をして、また縁談を申し入れてきた。

あまりの執拗《しつよう》さに、ある日、権太夫は、

「これ以上、無体《むたい》な振る舞いをされるようなら、御目付《おめつけ》様に申し上げますぞ」

った。
終えて下城した権太夫を平山九蔵は待ち伏せし、一刀のもとに斬り捨てたのであ
平山は人の目を憚《はばか》ってか黙って引き下がったようだったが、その夜、当直を
この時、他の医師が権太夫の傍にいた。
と、咄嗟に脅した。

「父を斬った太刀筋と、竹次郎さんを斬った太刀筋は、同じでございました。父
も胸を斜め十文字に斬られていたのでございます」

おきよは、ひたと十四郎を見た。

「そうか、それであの時……」

様子が尋常ではなかったのかと、十四郎は池之端の番屋での、不可解なおきよ
の素振りを思い出していた。

「すると、竹次郎も、平山九蔵という者に斬られたというのだな」

「はい、間違いありません……」

「そうか。さすれば竹次郎は平山九蔵の居場所をお前に知らせようとして、慶光
寺を訪ねてきたのかもしれぬな」

「ええ……」

おきよは弱々しく頷いた。そして呼吸をととのえると話を継いだ。

父を斬った平山九蔵には目付の指令によって、すぐに追っ手が差し向けられたが、平山九蔵は追っ手数人を斬り殺し、退路を開いて、藩を出奔したのであった。

頼るべき人を失った希代と母のその後は、惨澹《さんたん》たるものだった。

まず失意の中で母が病になって倒れ、希代はやむなく京都の島原の遊廓《ゆうかく》に身を売った。

だが、まもなく母は死に、気がつくと希代は女郎屋に払い切れないほどの借金をつくっていた。

希代は平山九蔵を呪った。

このような不遇に身を置くようになった元凶は、すべてあの者にあると……。

いや、自分のことより、父も母もあの者に殺されたのだと……。

あの者を殺さずして父も母も成仏《じょうぶつ》できる筈がないとおきよは思った。

——せめてこの身が自由なら……。

恨みを晴らせる。おきよはこの時平山が江戸にいることを摑んでいた。

「そんな折、竹次郎さんに会ったのです。もちろん最初は客と女郎の関係でしたが、私の事情を知った竹次郎さんは、身請けするほどの金はねえ。だが、足抜きなら手引きはできる……そう言ってくれたのです。それで、一も二もなく承諾して足抜きし、この江戸にやってきました」

おきよが、竹次郎の裏稼業とその正体を知ったのは半年も経った頃だった。

竹次郎の正体を知ったときの驚きは、おきよを慄然《りつぜん》とさせた。

今、二人は夫婦として暮らしているが、自分もやがてこの江戸のどこかの女郎宿に売られるに違いない。

「どこかの店に売られでもしたら、敵討ちどころではありません……竹次郎さんから逃げなくては……それで、慶光寺に駆け込んだのでございます……」

「ふむ……」

「でも、竹次郎さんの私への気持ちはそうではなく、私を真の妻として思ってくれていたのだと、あの刀傷を見て初めて知りました。父母のため、竹次郎さんのためにも、私、返り討ちにあってもいい、どうしても平山九蔵に一矢《いっし》報いたいのです」

そうでなければ、死んでも死に切れませんと、おきよは言った。

『里村』に勤めはじめたのも、両親や竹次郎の敵を討ちたいが為の手段だったのだと言った。

おきよは竹次郎が斬り殺された池之端近辺に、平山はきっとまた現れると考えたからだった。

——しかし……。

と十四郎は思う。

剣も遣えぬ女の身で、どうして敵が討てるものかと……。

だが、案外おきよは、平山に体当たりしてでもと考えているのかもしれなかった。

そういうことなら、勝ち目のない浅はかなことをするな……とは、十四郎には言えなかった。

一人の男に人生を狂わされた哀しい女だと胸が痛んだ。

——そういえば……。

ふっと、先夜仙次が十四郎を「平山」と呼んだことを思い出した。

まさかとは思うが、あれはおきよが捜している平山九蔵のことではなかったか
……十四郎は思わず声を出しそうになった。

五

「それじゃあ旦那、あっしはこれで……」

六ツの鐘を合図に、岡っ引の源次は、上がり框に下ろしていた腰を上げると、急《せ》かされるように帰っていった。

源次が十四郎の長屋を訪ねてきたのが七ツ半（午後五時）頃だったから、半刻ほど話し込んでいたことになる。

むろん話は、仙次のことだった。

十四郎は源次を見送ると、立ち上がって火鉢の傍により、心細くなった火に炭を足した。

――これで、竹次郎殺しに仙次が関与していたことは間違いない。

睨んでいた通りだと思った。

源次は今日、十四郎を訪ねてくるなり、仙次があれ以来、ぷっつりと行方をくらましたと告げたのである。

池之端の番屋に十四郎と藤七が仙次を連れ込んだのは三日も前の話だが、仙次はあの晩は番屋に留め置かれたものの、翌朝伊沢の説諭を受けた後、解き放ちになったらしい。

とはいえ、容疑がなくなった訳ではなく、伊沢から仙次に張りつくように指示されていた源次は、あれ以来仙次の後を追っていたのだと言った。

その報告に、十四郎を訪ねてきてくれたのであった。

源次の話によれば、仙次は番屋を出たその日は、いったんは神田相生町にある甚兵衛店《じんべえだな》の裏長屋にもどり、夕方まで引きこもっていたらしい。

だが、長屋の者たちが家の中に入り、夕食をとり始めたころ、仙次は人気の絶えた路地に出てきた。

仙次は、家々の障子から零れ落ちる灯を避けるようにして溝板を踏み、長屋を出ると、御数寄屋町には足を向けず、神田川べりに出た。

冷たい川風が吹きあげる川端を、仙次は、紺地の着物の裾を翻《ひるがえ》しながら、黙々と東に向かって歩いていった。

だが柳橋に出たところで、ふいに足を北に向けた。

柳橋一帯は小料理屋や飲み屋が隙間なく軒を並べている。

三味線や女の嬌声《きょうせい》が飛び交い、仙次も酔客数人にすれちがいざまからかわれたようだったが、じろりと険しい目を返しただけで、懐に手を差し入れて足早にそこを過ぎると、平右衛門町の路地に入った。

そこから更に、入り組んでいる路地を東にとって、隅田川沿いの河岸地に立つ二階屋の前に立ったのである。

酒の匂いと喧騒は、河岸地に入ると遠くになり、むしろ大川を流れる水の音が耳朶を襲った。

源次は闇に腰を落として目を凝らした。

すると、二階屋の前には見張りが立っていて、仙次はその見張りと一言二言、言葉を交わした後、中に入った。

一階は真っ暗で人の影さえ見えず、二階に仄《ほの》かな明かりがついていて、人の影の動くのが見えた。

――そうか、二階で賭場が開かれているのか……。

源次は暗闇に腰を落として、仙次の出てくるのを待った。

どれほどの時間が過ぎた頃だったか、ふと源次は不安になって、十手を引き抜くと立ち上がり、見張りの男に近づいた。

「手入れじゃねえ。見張っている男がいるんだ。上がらせてもらうぜ」

十手を見せて見張りの男を押し退けると、一気に二階に駆け上がった。

はたして、そこには、もう仙次の姿はなかったのである。

「おい、仙次はどうしたい」

煙草を喫《の》みながら、盆の賑わいを見張っていた胴元の首に、十手を突きつけた。

「親分、勘弁して下さいよ」

胴元は、凶悪な目に愛想笑いを浮かべると、両手を上げた。端《はな》から手入れのために岡っ引が顔を出したのではないことは承知していて、余裕の表情をみせている。

さりとて受け答え一つ間違えば、後々不利になるということも分かっているようだった。

賭場を預かる胴元と岡っ引は、持ちつ持たれつのところがある。

「仙次がここに来たのは分かっているんだ。どうだい、取り引きをしねえかい」

源次がこの夜、十手をひけらかして得た情報は、十四郎の考えを裏づける、重要な状況証拠となったのである。

胴元が源次に漏らした話によれば、仙次は根っからの博打打ちで、自身も賭けるが、金を持っていそうな商人などに目をつけて、他の博打場を連れ回し、賭場の梯子《はしご》をさせて楽しませ、口銭《こうせん》を取っていたらしい。河岸地のこの賭場にも、よく二人でやってきていたのだと胴元は言ったのである。

殺された竹次郎ともよく連れ立って賭場を梯子していたらしく、河岸地のこの賭場にも、よく二人でやってきていたのだと胴元は言ったのである。

二人は当然おなじみさんで、胴元とは懇意の仲だった。

ある晩のことだった。竹次郎の女房おきよが慶光寺に駆け込んだという話を聞いてまもなく、中休みで一服するために、二人が胴元の傍で茶を飲んでいた時のことだった。

その時、竹次郎が寺から女房を取り戻すために、平山九蔵なる浪人を捜していたが、ようやく見つかったと言い、おきよの敵のその男を、銭を使ってでも殺すことができたならば、おきよは自分のもとに戻ってくれるに違いないなどと、仙次と胴元にぽろっとこぼしたことがあった。

当時竹次郎は、女房に逃げられて気弱になっていたようだった。

博打場で身のうちを愚痴ったばっかりに、後になって、それをネタに強請《ゆす》られたり脅されたりして金を巻き上げられる連中の話を知らない訳はない竹次郎が、相手が兄弟のようにつるんでいた仙次だったからか、気を許してしゃべっているなと、胴元は傍で黙って聞いていた。

だから胴元は、仙次がその時、竹次郎を慰めて、平山九蔵なる男のことを根掘り葉掘り聞いていたのも好意をもって見詰めていた。

博打打ちも女衒も人間だ。闇に生きる男たちにも赤い血は流れている――と、そんなふうに思っていた。

ところが、まもなく竹次郎が斬り殺され、仙次が賭場にあった借金二十両をそっくり返しに来た時には、胴元は、仙次は竹次郎を辻斬りに売ったな、と仙次の心の底冷たさにぞっとしたというのである。

ただ胴元にすれば、貸していた金が戻ってきた訳で、余計な詮索もせず、以後知らぬ顔の半兵衛を決めこんでいたらしい。

今夜の仙次はというと、誰かに尾けられていることに気づいていたらしく、賭場に入ってくるとすぐに、裏口にある階段を使って姿を消したのだと言った。

それが、源次が胴元から聞いた全容だった。

この夜、仙次にまかれたからといって、源次は仙次への追尾を止めた訳ではない。

源次はその後も、仙次の長屋に何度も足を運んだし、賭場めぐりもしてみたが、仙次はその晩を境に全く姿が見えなくなったのだと十四郎に報告した。

「仙次は武州《ぶしゆう》の百姓の三男坊です。実家にも手をまわして捜しています。もう少し、お待ち下さいまし」

源次はそう言ったが、尾けられていると知った以上、仙次がそうそうたやすく姿を見せるとは、十四郎には思えなかった。

――こうなったら、直接平山九蔵を捕らえるしか手立てはあるまい……。

早く手を打たぬと、あのおきよのことだ、何をしでかすか分かったものではない。

いやそれより、おきよなど指一本平山九蔵に触れることなく殺されるのが落ちだ。

番屋で見た、すさまじいまでの平山九蔵の太刀筋を、改めて十四郎は思い出していた。

どうあれ、まず腹拵《はらごしら》えだ。

台所に立って、釜の中を覗いた時、

「十四郎様、いらっしゃいますか。福助《ふくすけ》でございます」

戸口で声がした。

福助は、医師柳庵《りゆうあん》の小者である。

柳庵が深川五間堀《ごけんぼり》にかかる弥勒寺《みろくじ》橋の南側に開業して半年近くになるが、福助は半年ほど前から、柳庵のもとに通いで来ている若者だった。

「おう、いるぞ。入れ」

十四郎が声をかけると、

「申し訳ありません。先生が来ていただきたいと申しております」

福助は、両手を前に揃えて腰を折った。

柳庵はもともと千代田城の表医師《おもていし》の息子で、十四郎が橘屋に雇われる以前から、慶光寺や橘屋のかかりつけの医者であった。時々、万寿院の脈をとりに慶光寺を訪れて、その足で橘屋にも立ち寄っていく。

柳庵が、十四郎の長屋に直接呼び出しをかけるとは、珍しいことだった。

「来客があってな。今から夕餉をとろうと思っていたのだが、急ぐのか」

十四郎は釜を持ったまま、立ち上がって聞いた。

福助は、何か面白いものでも見るように十四郎の姿を眺めると、目を細くしてくすくす笑い、

「それならどうぞお食事をなさって下さいませ。ああ、私がお作りしましょうか」

と聞く。

「なに、湯漬けをするだけだ」

十四郎は苦笑したが、福助が心なしか、なよっとした腰の動かし方をしたようで、ぎょっとして見詰めた。

「あら、私、おかしかったですか」

福助は、上がり框に腰を据えると、苦笑した。

「いや、なに、ちょっとな。柳庵の癖がうつったのかと思ったのだ」

「やっぱり……」

福助は溜め息をついた。

師の柳庵は、医者になるより歌舞伎役者の女形になりたかった人である。だからかどうか、仕草もどことなくなよなよとして、茶を飲む時にも小指を立てる。そこらの女たちより女らしい仕草をするのである。

十四郎も最初は面食らったが、最近ようやく慣れてきた。

お登勢などは気にもしていないようだが、雇われて半年もたつ福助が影響を受けるのは無理からぬことかもしれぬ。

「私、先生のお医師の腕前をつくづく尊敬してお勤めしているのですが、近頃、ふと気づくと、先生の真似をしている時がありまして、はっとするんでございますよ」

福助は、急いで湯漬けをかき込んでいる十四郎に苦笑してみせた。

「いいではないか。それも愛嬌だ」

十四郎が慰めると、

「そうですよね。私、先生のなにもかも尊敬申し上げているのです」

福助は、きらきらした瞳を向けてきた。

「なるほどな……分かるぞ。まっ、励むことだな」

十四郎は適当に相槌をうちながら、しかし柳庵も福助のような若者に、こうまで尊敬されるとは医者冥利《みょうり》に尽きるのではないか……と、頷いていた。


半刻後、十四郎は弥勒寺橋を渡り、柳庵の診療所に入った。

患者の待ち合いになっている板間に上がると、

「十四郎様、こちらへ」

柳庵が出迎えて、治療室に案内した。

「これは、松波さん」

治療室には松波がいて、寝台の上に寝ている患者を見守っていた。

患者は町人で、眠っていたが、十四郎は初めて見る顔だった。これは……と、柳庵と松波に交互に目を走らせると、

「毒を盛られたんですよ」

と松波が言った。

「毒……いったい、この者は何者ですか」

十四郎は、青黒い顔をして眠っている患者の顔を覗き込むようにして松波に聞いた。

「この者は、すぐそこの常盤町《ときわちょう》の、刀研師《かたなとぎ》播磨《はりま》屋利三郎《りさぶろう》の弟子で修助《しゅうすけ》という者です」

「刀研師ですか……」

「播磨屋利三郎には、他にも弟子が二人おりましたが、利三郎も二人の弟子も死にました。生き残ったのは、この修助だけです」

「松波さん、刀研師たちの毒殺と、今度の事件と何かかかわりがあるのですか」

「おそらく……いえ、間違いないとみております」

「……………」

松波の話によれば、播磨屋に刀の研ぎを頼みにいった客が、利三郎以下、泡を

噴いて苦しんでいるのを見て、近くの番屋に届け出たのが発端だった。

利三郎たちは、八ツ（午後二時）の茶で一服していたとみえ、京菓子の食べ残しと飲みかけの茶が、盆の上に載っていた。

異変を感じた番屋の者たちは、すぐに利三郎たちを柳庵の診療所へ運んできた。はたして、柳庵は一目見るなり服毒したのだと判断した。すぐに治療に入ったのだが、利三郎と弟子二人は手当ての甲斐もなく、まもなく死んだ。

ただ一人、症状の軽かった修助だけが生き残り、体内にある毒を吐かせて、毒消しの薬を飲ませたのだが、その間に、修助が断片的に語ったところによると、利三郎以下、御数寄御坊主の竹庵からのいただきものの京菓子を食べたところで、苦しくなったというのであった。

「竹庵……」

意外な者の名を聞いたと、十四郎は厳しい顔で松波を見た。

松波は重々しい顔で頷いた。

「これが、そのお菓子です」

柳庵が横合いから話を取ると、戸棚の中から懐紙の上に載せた、食べかけの菓子を出してきた。

菓子は、雪のように白く柔らかな生地を使い、ふっくらとした花びらがあんを包みこむような造作《ぞうさく》をした生菓子だった。食べてしまうのが勿体《もったい》ないような、見目にも麗《うるわ》しい出来栄《できば》えの菓子だった。

「茶の湯に使うお菓子ですよ、十四郎様」

「うむ……」

「名は『雪花《せっか》』というようです。日本橋の京菓子店『花の井《はなのい》』が、この月から売り出した新作です。花の井には伊沢の配下の者が問い合わせをしまして、竹庵という御数寄坊主に確かに届けていたことも分かっています」

「すると、毒を入れたのは、竹庵の手に渡ってからということですな」

「そういうことです」

松波は、じっと見詰めて、

「修助の目覚めを待っているところですが……。塙さん、実は伊沢の報告を受けて、竹庵を調べていたところでした。茶人だなどとよくもまあ、あの男は食わせ者ですよ」

松波は苦い顔で言い切った。

竹庵は、世間には、御坊主組頭などと言っているらしいが、その役は半年前に解かれているらしい。

「いまはただの御坊主だ。二十俵扶持の、しかも御坊主仲間たちの鼻摘みものらしいですぞ」

松波は眉を顰めた。

もともと竹庵は、出世欲の強い坊主だったようで、組頭を務めていた時から刀剣蒐集《しゆうしゆう》に凝り、掘り出し物の名刀を持っているなどと吹聴《ふいちよう》し、刀剣に興味をもつ大名や旗本に取り入って、御坊主頭の席を狙っていたらしい。

御坊主頭になれば、禄も百五十俵、お目見えであるところから将軍に接することもあり、それがために諸侯からは、ご機嫌伺いの付け届けも多くなる。禄は低くても、茶坊主の舌先三寸は、諸侯にとってはたいへんな権力と見えるのであった。

竹庵の権力欲は相当なものだった。刀剣自慢に拍車がかかったのも、そういう理由があったからだ。

竹庵は、自分が所有する刀は何人斬っても刃こぼれひとつしないとか、戦国の世に、誰々の首をとった名刀だとか、嘘か本当か分からない御託をならべて、人の気を惹くのだった。

竹庵は武士ではない、茶坊主である。

だんだん仲間うちでも敬遠されるようになり、とうとう上役の御坊主頭の耳に届き、茶人にあるまじき行いだとして、組頭のお役を解かれたのであった。

「しかし、その竹庵が、ふたたび出世を望んで、いろいろと画策しているというのです。以前から懇意であった諸侯の刀を鑑定して、それで諸侯のご機嫌とりをしているらしい」

「松波さん。その鑑定とは、もしやためし斬りに名を借りた辻斬りだということですか」

十四郎は、きっと見た。

その時だった。微かな呻き声がして、声のした方を振り向くと、寝台から白い手が伸びてきた。

「修助さん」

柳庵が走り寄って呼びかける。

十四郎も松波も立ち上がり、修助の周りに立った。

すると、修助は赤い目を十四郎たちの方に向け、口をぱくぱく開けた。何かを伝えようとしているのは明白だった。

「修助……なんだ」

松波が呼びかけた。

「竹庵様は……竹庵は、辻斬りを……」

ぱくぱくしていた口から、はっきりとした言葉が飛び出した。

「そうか。辻斬りをな、やはりそうか」

松波は興奮して修助に顔を寄せると、

「それで竹庵は、刀の研ぎを利三郎の店に依頼してきた……という訳だな」

「へい……半年前から……」

「半年前」

「へい……」

師の利三郎は、竹庵のところから刀の研ぎの依頼がたびたび来るようになって、それが巷で、辻斬り事件が起きた直後に持ち込んでくることから不審を持った。

そうでなくても、持ち込んでくる刀のいずれにも、血曇《ちぐも》りが鮮明に残っていたからである。しかもその刀は、名だたる人の作品ばかりで、おそらくその持ち主も相当の身分の者、つまり大名や大身の旗本あたりの秘蔵の持ち物かと思われた。

利三郎は竹庵が、危ない仕事に手を染めていることを悟った。

竹庵が住む町にも刀研師はいるし、近隣の町にもいる。それをわざわざ深川くんだりまで持ち込んでくるというのも、利三郎の不審を裏づける形となった。

刀は単に人を斬る道具ではない。武士の魂そのものである。

その刀で、罪もない人の命を殺《あや》めていると確信した利三郎は、弟子たちにもそのことを告げ、昨日、意を決して竹庵の屋敷を訪ね、これ以上の仕事は引き受けかねると、断りを入れた。

弟子たちは利三郎の身を案じていたが、利三郎は菓子箱を貰ってにこにこして帰ってきたのである。

それが八ツ前。

箱の中には菓子が四つ入っていた。

ちょうどいい、八ツの菓子にしよう……などと利三郎は言い、その菓子を弟子たちと頬張ったという。

修助は一口食べたところで、表で激しい犬の鳴き声がするのを聞き、様子を見るために外に出た。

犬は、近所の誰かに石をぶつけられたようで、修助が表に出た時には、悲痛な声をあげながら、逃げていくところだった。

それで仕事場にひきかえしたところ、師の利三郎も兄弟子たちも、口から泡を噴いて苦しんでいた。

仰天した修助は外に知らせに走ろうとしたが、自分も苦しくなってそこに倒れてしまったというのであった。

「口封じだな。辻斬りを悟られたと知って、謀ったのだ」

松波が言った。

「先生、親方はご無事だったのでしょうか」

修助は、はたと気づいて、柳庵に顔を向けた。

柳庵は修助の視線をまっすぐ受け止めると、静かに頭を横に振った。

「では……では親方は……助かったのは、この私だけですか……この私だけが……」

修助は、怒りに震えながら唇を嚙んだ。

「松波殿……」

ふいに伊沢が緊張した顔で現れた。

「これは、墻殿も……ちょうど良かった。実は、行方をくらましていた仙次ですが、上野の森で、首を括って死んでいるのが見つかりました」

「殺されたのだ、間違いない……」

松波は、十四郎に鋭い視線を送ってきた。

――次はおきよだ。おきよが狙われる。

十四郎は険しい目で、松波に頷くと、急ぎ柳庵の診療所を後にした。

六

おきよは、下谷《したや》広小路の東にある常楽院《じょうらくいん》近くの廃屋のような一軒家の板間の部屋で、一人の浪人と対峙していた。

一軒家といっても、小百姓が住んでいたとみられる小さな家で、おきよたちが座す板間の部屋のほかには、奥に六畳ほどの畳の朽《く》ちた部屋が見えるばかりで、冷え冷えとした白い光が、壊れた板壁から二人が座す板間に細い光を落としこむように射し込んでいた。

浪人は総髪《そうはつ》に顎鬚《あごひげ》を蓄えた、尾羽《おは》打ち枯らした男である。年は三十くらいだろうか、おきよより二つ三つ、年嵩《としかさ》のようだった。

彫りの深い目鼻立ち、窪んだ瞳に宿る光はどこまでも暗く、表情を失った頬とあいまって、全体として陰湿で凶悪な雰囲気を醸《かも》し出していた。

男の名は平山九蔵、おきよの敵だった。

夕刻、『里村』に見知らぬ女が、おきよ宛の結び文を持ってきた。

女は、おきよに文を渡すと「確かにお渡ししましたよ」と、それだけ言って帰っていった。

誰か馴染みの客からの付け文かと思ったが、結びを解いて驚愕した。

文は走り書きで住所を書き散らしたものだったが、最後に『平』とあった。

鼓動が早鐘《はやがね》のように打った。

『平』とは、あの平山に違いない。

——しかし平山は、なぜ私がここで働いていることを知っていたのか……。

おきよは、自分の居場所が知れていたことにぞっとした。

——その私に、呼び出しをかけてきた。

平山は、おきよと対決しようとして知らせてきたのだと、おきよは即座に判断した。

おきよは里村の女将に、緊急の用ができたと言って暇をもらった。その時、女将には、もしも私が一日たっても音沙汰もなく勤めを休んだままのようだったら、この紙に書いてある一軒家を当たってほしいと頼みこんだ。女将には金一両を預けて出た。いざというときに、後の始末をしてもらうためである。

女将はどう思ったか知らないが、おきよはそのつもりだった。そうしておいて、かねてより用意していた小刀を帯の後ろに挟みこみ、この廃屋にやってきた。

廃屋は、ぐるりを枯れたすすきに囲まれていた。ひょっとして訪ねる先を間違ったかと思ったが、中を覗くと浪人が座して待っていて、それが平山九蔵だった。

平山は、板間の壁に背をもたれかけて、おきよが現れる土間を睨むようにして座っていた。無腰だった。

「久しぶりだな」

平山は背をもたせたままの姿勢で言った。しわがれた老人のような声だった。

「平山九蔵、父の敵……」

おきよは帯から小刀を引き抜いて、板間に上がった。

だが平山は、ふっと、暗い笑みを送ってきただけで、立ち上がろうともしなかった。それどころか、

「待っていたぞ。斬るがよい」

僅かに体をおきよに向けた。

だがその時、平山の体がぐらりと揺れたのである。

後退りしたおきよに、平山は力をふり絞るようにして体を起こすと、

「遠慮はいらぬ。斬れ」

押し殺した声だが、強い調子で言った。

「立ちなさい、平山」

おきよは、両手に小刀を挟んで、叫んでいた。

壁に背をもたれかけたままの敵に刃は振るえないと、咄嗟に思った。

「臆したか、希代。俺の命をとるのは、念願ではなかったのか」

「立ちなさい」

おきよは、もう一度促した。

「かまわぬ、斬るがよい。俺もお前に斬られて死ねれば本望《ほんもう》だ。遠慮はいらぬぞ」

「そのままでは斬れませぬ。奥医師とはいえ、父は士分でございました。刀を手挟《たばさ》んだ武士の一人でございました。私はその父の娘、卑怯《ひきよう》な真似はしたくござ

いません」

「何が武士だ」

　平山は、吐き捨てるように言った。

「俺は人斬りだ。辻斬りだぞ……罪もない町人を斬り、俺の素性を嗅ぎつけた竹次郎を斬り、それを密告してきた仙次まで殺した極悪人だ。そして希代、お前は女郎ではないか。それのどこが武士なんだ、どこが士分の娘なんだ。二人とも他国で、蔑まれて生きる鼻摘み者ではないか。人として下の下だ、違うか」

　揶い上げるようにして見詰めてきた。

　俄《にわ》かに外からすすきのざわめきが聞こえてきたが、二人は、枯れた音を耳朶に捉えて、その目は互いに相手を見据えていた。

　おきよは、緊張した声で言った。

「下の下は平山、あなたでしょう。無抵抗の父を斬り捨て、そのために私が舐めた辛酸《しんさん》を、あなたには分かる筈もない」

「待て、ひとつだけ言っておくぞ。先に刀を抜いたのは、そなたの父だ。俺ではない」

「嘘です」

「嘘だと思うのなら、それでもよい。もう、どうでもよいのだ、俺は」

「ならば、立ちなさい」

「立てぬ……俺はな、希代。俺は毒を盛られている」

「毒……嘘です」

「嘘ではない。竹庵という坊主が点《た》てた抹茶に入っておったのだ。口封じのためだ。さんざん俺に辻斬りをやらせておいて、都合が悪くなったのだろう、竹庵は俺に毒を盛った。俺はな、希代。それに気づいていたのだが、それならそれでいいではないかと飲んでやったのだ。この江戸に逃げてきた時、俺を拾ってくれたのは竹庵だった。竹庵に人を斬ってくれと言われれば、俺は嫌とは言えぬ立場にあった。それから解放されるのだ。主に毒を盛られて死ぬのは、俺には似合いの死に方だとな。だが、この住家にたどりつく道すがら、『けころ』の客を呼ぶ声を聞いた時、どうせ死ぬのなら、お前に斬られてやろうと思ったのだ」

平山は、弱々しい微笑を投げた。

けころとは、この地一帯で春を売る岡場所の女の代名詞であった。

平山に言われるまでもなく、おきよがこの廃屋にたどりつくまでの道筋では、一帯がけころの巣窟《そうくつ》になっていたのを見届けている。人斬りの平山が住むには格好の場所だったかもしれないが、同じように男を相手にしてきたおきよには、けころの町は胸苦しく感じられた。

この町筋から一刻も早く逃げ出したいという思いにかられながらも、おきよはここにやってきた。ところがやっと捜し当てた敵の男が、まさか、毒を盛られていようなどとは考えもしなかった。

おきよは、用心深く一歩近づいてみた。むろん手には小刀を固く握り締めたままである。

だが、平山は動かなかった。充血した目で見詰めているが、微動だにしなかった。心なしか目の光が、刻々と弱くなっていくように感じられた。

再び平山の体が均衡を失いそうになった時、おきよは、本当に平山が毒を盛られているのを確信した。すると、瞬く間におきよの心に迷いが生まれた。

毒を盛られて死のうとしている男に、刀を突きつけられる筈がない。かといって今刺し殺さねば、おきよは念願の敵討ちは一生叶わぬこととなる。

おきよは、心を決めかねていた。

平山は半間ほどの距離を置き、静かに座って思案を続けているのであった。

また、風が出てきたようだった。かさかさと泣くすすきの声が聞こえてきた。

「思い出さぬか、希代」

平山が突然言った。寂しげな声だった。

きっとおきよは身構えたが、平山は虚《うつ》ろな目を向けてきた。戦意のかけらもない目の色だった。

「やはり、覚えていなかったか……」

と苦笑した。自嘲したような笑いだった。

「なんのことです」

おきよは苛立っていた。

「城下の東に広がるすすき野での出来事だ。お前は十三、俺は十六の冬だった」

あっと、おきよは声を上げそうになった。

遠い記憶の中にある、すすき野での光景が鮮やかに蘇ってきた。

確かに希代は十三歳だった。

すすき野のむこうの父の患者に薬を届けての帰りだった。一帯が茜色に染まったすすき野の小道を家に急いでいる時だった。

頭上から何か黒い塊が急降下してきたと思ったら、希代の頭をかすめ、群生しているすすきの中に体ごと突っ込んだ。

「きゃっ」

希代は頭を抱えて蹲《うずくま》った。襲ってきたのは鳥だと思った。鳥はすすきの中で大きな羽音を二、三度たてると、また舞い上がった。

そろそろと顔を上げると、大きな鳥が口に小鳥を咥《くわ》えて飛び上がったところだった。

大きな鳥は、小さな鳥を咥えたままで希代の頭上で旋回した。最後に一際大きく旋回しようとしたその時に、咥えていた小鳥が大きな鳥の口から離れた。

——ああ……。

声にならない声をあげた希代の近くに、小鳥はまっすぐに落ちてきた。

希代は思わず走っていって、その小鳥を受け止めた。ところが、大きな鳥は、あきらめて上昇したかと思ったら、希代めがけて突進してきたのである。

希代は、小鳥を抱いたまま蹲った。

その時だった。羽音の乱れに気づき顔を上げると、大きな鳥は山のほうへ羽ばたいて逃げていくところであった。

「もう大丈夫だ」

見知らぬ少年が立っていた。

少年は手に、枯れたすすきを持っていた。散策しているうちに、手折《たお》ったもののようだった。

「隼《はやぶさ》だ」

少年は、飛び去る鳥を見上げて言った。

「追っ払ってやったのだぞ。石を投げたのだ」

少年はにこにこ笑って、

「その鳥、死んでいるだろう。焼き鳥にすればいい」

と言ってすすきの穂を振りながら、近づいてきた。

「嫌です。焼き鳥なんて可哀相です」

希代は、きっとして見迎えた。

少年は、突然牙を剝いたように挑戦的に口走った希代を見て、驚いたようだ。だがすぐに、はにかんだような表情をみせると、野道の傍らに、希代と二人で小さな穴を掘り、その小鳥を埋めてくれたのであった。

その時、少年は、この鳥は鶯なんだぞと教えてくれたのである。

冬の野に鶯がいるなど全く知らなかった希代は、少年から、鶯は冬になったら、みなひとりぼっちで冬を越す。鳴き声はこうだと笹鳴きを教えてもらったのである。

　十三歳のその時の思い出は、ずっとおきよの胸にあった。

　だがあの時の少年が、親の敵と狙ってきた男だったとは、青天《せいてん》の霹靂《へきれき》とはこのことである。

「俺は、あの時から、嫁にもらうのなら、お前でなくては嫌だと……ほかの誰でも嫌だと思っていた」

　平山は、また、自嘲的な笑いを浮かべた。

「待って下さい。あの時、あのお方が名乗ったのは、原田伸吾《はらだしんご》……」

「養子に行ったのだ、平山家に……そして、名も変えた」

「だったら、だったらなぜ、そのことを」

「親父殿には打ち明けた。だが一笑に付されたのだ」

「……」

「親父殿に笑われても、お前は分かってくれると思っていたのだが、なにも聞かなかったらしいな……」

「……」

「まあそういうことだ。お前に縁談を断られた時に、俺の一生は終わっていたのだ。つまらぬ歳月を生きてきたものだと思っている。せめて最期は、お前の手にかかって死にたいと思ってな」

「嘘です。あなたが原田様だなんて、嘘です……」

おきよは絶叫した。

その時だった。

「嘘ではないぞ、おきよ。平山九蔵の元の名は原田伸吾。お馬廻り役原田作左衛《さくざえ》門《もん》の三男坊だったのだ」

戸を開けて入ってきたのは、十四郎だった。

「塙様……」

「新城藩士から聞いてきた。間違いない。平山がお前の父を斬ったことで藩を追われてお尋ね者となっておる。平山の生きる道は、もうどこにもないのだ、おきよ」

「でもなぜ、なぜ、こうなのです」

おきよは泣いた。背をまるめて、泣き崩れた。

「先刻から俺は表にいたのだが……。平山がお前を殺す訳がないと思ってな、見守っていた……」

十四郎は、おきよの背に、優しく言った。

「橋屋のご浪人でござるな」

平山が、苦しげな表情で聞いた。

「いかにも」

十四郎が頷くと、

「ひとおもいに……希代に……」

幽鬼のような目を向けた。

だがおきよは、恐ろしいものでも見るように後退った。

「希代」

突然、平山は叫びながら体を伸ばしておきよに飛びかかってきた。

「あっ」

おきよが争うまもなく、平山はおきよの手を小刀ごと掴み、自身の胸に突き立てた。

「ああっ」

おきよは叫ぶと同時に、平山の手を振り解いて、飛び退いた。

「希代……」

平山は、叫びにならない叫び声を上げると、手を伸ばして何かを摑むようにして開き、そしてそこにどたりと倒れ伏した。血がみるみる板の間に広がった。

「塙様……私、私は……」

おきよは、膝をついて泣き崩れた。

「おきよ……これで終わったのだ、なにもかも……これで良かったのだ……これしか道はなかったのだ、平山も、お前も……」

十四郎はおきよの震える肩を見詰めて言った。


「あら、雪ですわ」

橘屋の玄関を出たところで、見送りに出てきたお登勢が言った。

雪は牡丹《ぼたん》雪のようで、薄闇が降る雪の白さを、いっそう際立たせているようだった。

「傘、お持ちします」

お登勢が白く細い手を伸ばして、掌に雪を受けながら言った。

「いや、この荷物がある」

十四郎は、お登勢に持たされた風呂敷包みを掲げて言った。

包みには橋屋で搗《つ》いた餅が入っていた。ずしりと重く、傘を持てばさらに手がふさがって不自由になる。

それに、雪はまだ降り始めたばかりで、地上に白く留まったかと思ったら、すぐに黒い土中に吸い込まれていく。傘を差すほどでもないと思った。

「ではまた……」

十四郎が、笑みを返して踏み出した時、

「そうでした。忘れていました。十四郎様、藤七から便りがきました。万事うまくいったと書いてございましたよ」

「そうか。これで、おきよも自由の身になった訳だ」

「ええ。ほんとうによろしゅうございました」

「今夜は酒がうまいぞ」

「まっ、ほどほどになさいませ」

「分かっておる」

十四郎は、手を上げてお登勢に返すと、家路についた。

――それにしても……。

十四郎が竹庵の家に押し入るようにして訪ね、竹庵の悪を並べ立て、世間にはらされたくなかったら平山や研師たちの葬祭料を出せと脅し、大金八十両を出させたのは、今考えても冷や汗ものだったと思う。

五十両は、平山や研師たちの弔いに使ったのはむろんだが、残りの金三十両はおきよに渡した。身請けするための金だった。

上級の女郎なら身請け金は二百両は下るまい。三十両では決着は難しいかと思われたが、京の島原まで藤七を同道させて交渉させたのが功を奏したようだった。

もちろん、奉行所からも京都の女郎宿に手を回し、おきよは竹庵検挙に格別の功があった者ゆえ、持参の金三十両ですべての決着をつけてくれるようにという書状が届いている筈で、十四郎はさほど案じてはいなかった。

だが実際、うまく話がついたと聞くと感慨もひとしおである。

竹庵は、むろんその後捕まって死罪となっている。

とはいえ、おきよは、なにもかも失った。

——おきよは、どこへ行くのだろうか……。

と思った時、寥々《りようりよう》たるすすき野に立つ、おきよが見えた。おきよは泣いてはいなかった。枯れ野にも春が来る。

おきよは、青の萌《も》える季節をじっと待つつもりだと思った。

第三話　風凍《い》つる

一

「くわぅ……くわぅ……」

鶴が鳴く。

蕭 条《しょうじょう》たる雪景の中に見える冬枯れの葦の原、そのところどころの雪解けがつくった黒々とした水溜まりに、数組の鶴のつがいが、向かい合って羽を広げ、頸《くび》を天に挙げて鳴いている。

その声は、喜びの声のようでもあり、哀しみの声のようでもあった。

葦の原のむこうには六郷川《ろくごうがわ》がゆっくりと流れていて、更にそのむこうは白く霞んでおぼろげだが、葦の原から手前に続く湿地帯には、雪間に低木の枯れ木が点在し、さらにその手前には雪に覆われた広野がうねりを見せている。

人っ子一人見えないこの開豁《かいかつ》の地は、将軍の鷹《たか》狩りの獲物となる鳥を保護しておく『御留場《おとめば》』であった。

「くわう、くわぅ……くわぅ、くわぅ」

清涼寂々《じやくじやく》とした雪原に鶴は鳴く。

と、手前の広野のうねりの中にぽつんと立っている小屋の戸が静かに開いて、二人の男が表に立った。

一人は若い男で裁着《たつつけ》に山袴《やまばかま》のなりをして、その上に肩から腰までの短めの蓑《みの》を着け菅笠《すげがさ》を被っている。もう一人は小柄な男で、この男も蓑を着け菅笠を被っているが、着物の裾を尻端折りし、布袋を肩に担いでいるところを見ると、若い男の使用人のようである。

二人は、静かに踏み出した。

さくさくと軽く切れのよい足音をたてながら、しかし足運びはいたって慎重で、深みに足をとられそうになるたびに、使用人の男は肩にかけた布袋を、よいしょっとかけ直す。

二人は黙然として進み、やがて鶴のいる場所と一定の距離を置いて立ち止まった。

　若い男がちらっと使用人に首を回すと、使用人は肩から布袋を下ろしてそこに置いた。すると若い男が袋から何かを摑み出して、鶴の居る場所めがけて撒き始めた。

　籾米《もみごめ》だった。鶴の餌である。

　近くの葦のしげみからも、鶴やその他の水鳥が飛んできて、二人の男の頭上を旋回した後着地し、男の撒いた餌をついばみ始めた。

　鳥たちには微塵《みじん》の警戒心もない。

　若い男が餌を撒きおわり、頭を出している切り株に腰を下ろしたのを潮に、使用人は「では……」というように一礼すると、元来た雪道を戻っていった。

　若い男は身動《みじろ》ぎもせず、鶴が撒き餌を食べ終わるのを菅笠の下から見詰めながら、一羽一羽の健康を確かめているようだった。

　鶴は、時々顔を上げて、若い男に甘えるように鳴いてみせる。その中に一際、羽を広げて鳴く鶴に若い男は視線を投げると、口を僅かに動かした。声にならない声をあげたが、男は「おつう……」と言ったようである。

　おつうと呼ばれたその鶴は、片足が少し短いようだった。昨日今日怪我をしたというのではなく、遠い昔に怪我をして、その後遺症が残っているようだった。ほとんどの鶴がつがいでいる中で、おつうには相手がいなかった。しかし元気は元気なようで、先程から他の鶴に負けない食欲ぶりなのを、男はちゃんと見ていたのである。

男はそれで立ち上がった。

最後に、菅笠をぐいと上げて辺り一面を見渡すと、静かにその場を離れたのである。

菅笠の下に覗いた男の顔は、目鼻は置くべき場所にあるのだが、眉も目尻も下がりぎみで、口端はへの字に下がっていて、表情の寂しい男に見えた。

男の頬に生気がふっと宿ったのは、風に乗って聞こえてきた声に立ち止まり、仰ぎ見るようにして耳を傾けた時だった。

「佐太郎《さたろう》……」

と、男は言った。

今度ははっきりと威勢のいい声が聞こえてきた。

「オーイェホーイのホイ。渡しの舟だよォオーオイ」

「オーオイ、オーイェホーイのホイ」

声は、六郷の渡しの船頭の掛合いの声だった。

二人の船頭が声をかけ合いながら巧みに棹《さお》を操って、川崎《かわさき》からの客を乗せ、対岸に向かっているところであった。

昨日一日降った雪は、川筋にも大地にもまだ白く残っていて、それが陽の光にきらきらと輝く様は、絶景だった。

「船頭さん」

弾んだ声をかけたのはお民だった。

お民の傍にはお登勢が紫の風呂敷包みを抱えて座っていた。二人は年始参りに川崎のお大師様にお参りしての帰りだった。

江戸から五里余のお大師参りは、文化《ぶんか》十年（一八一三）に家斉《いえなり》将軍が四十一歳の前厄の参拝をしてから、人々の参詣は増えるばかりであった。特に江戸からは日帰りができるという地の利もあって、新年を迎えると、しばらくお大師参りの列は続いた。

ちょうどこの時期は、大森《おおもり》の浅草海苔《あさくさのり》の生産真っ直中で、お登勢は寺宿橋屋や三ツ屋で使用する海苔の買いつけに、自ら出向いてきたのであった。

ついでにお大師様にお参りをすることになり、お民も供をかねて同行してきていたのである。

ひさびさの遠出となって、お民はずっとはしゃいでいた。

お民は、過ぎてきた川崎の汐浜にけむる煙を指差すと、もう一度「船頭さん」と呼んだ。

声を張り上げていた船頭の一人が、お民に顔を向けた。

「あれ、あの煙、あれが塩を焼く煙でしょうか」

「そうだよ。女中さん。塩を焼くのをみるのは初めてかい」

「ええ」

「そうかい。いい眺めだろ」

「はい」

「ここの眺めは天下一品だぜ。それによ、この川を少し溯《さかのぼ》れば、水鳥が数えきれねえほど飛んできているんだ」

「まあ、それって、私たちには見せていただけないのかしら」

「無理だろうな。将軍様鷹狩りのための鳥たちだ。俺たちには近づけねえ」

「もう。だったら言わないでよ、つまんない」

お民は膨れてみせた。かわいい頰にえくぼを作って、同乗している客たちの笑いを誘う。

「お民ちゃん……」

お登勢も苦笑した後、窘《たしな》めるように声をかけた。

そのお登勢を、もう一人の船頭がじっと見ていた。

「さあ、着きましたぜ。足元にお気をつけて、下りてくだせえ」

お民に説明していた男が言った。

船は周囲を葦に囲まれた砂浜に乗り上げた。

船頭が、女子供には手を差し伸べて、下ろしてくれる。

お登勢が下船しようとしたその時、先ほどからお登勢を見詰めていた船頭が近づいて、お登勢に手を貸し、囁くように聞いてきた。

「『万年屋《まんねん》』でお見かけしましたが、女将さんは深川の慶光寺の御用をお務めなすっている橘屋さんでございましたね」

「ええ」

お登勢が怪訝な顔で答えると、

「いえ、ちょいとですね、万年屋の女将さんとご挨拶をなさっていた時に、小耳に挟んだものですから……」

と言う。

万年屋とは、川崎で奈良《なら》茶飯を出している店のことで、以前に女将の姪っ子夫婦の仲裁をしたことがあり、それが縁での知り合いだった。

お登勢はお大師様に参る前に万年屋に上がり、茶飯と鮃《ひらめ》の一夜干しを頼んだところへ、女将が挨拶に来たのであった。

船頭はその時の様子を、すぐ近くで見ていたということだった。

「あの、私に何か……」

お登勢が尋ねると、

「いえ、どうぞ、お気をつけてお帰り下さいませ」

船頭は、白い歯をみせて頭を下げた。

精悍《せいかん》な顔立ち、腕も顔も、もう何年も日焼けしたような頑健そうな男だった。しかも目の奥で揺れる瞳は黒々として、実直で優しそうな好印象をお登勢は受けた。

ただ、なぜ数多《あまた》いた客の中で、自分だけがこの男の記憶に残っていたのかと、少々気にかかったのはいうまでもない。

とはいえ、浅草海苔の問屋を出る頃には、船頭のことはすっかり忘れていたが、大森の『和中散本舗《わちゆうさん》』で食あたりの粉薬を買い、表に呼んであった町駕籠に乗ろうとした時、お民がすり寄ってきてお登勢の耳元に囁いた。

「お登勢様、私、ずっと気になっていたのですが、変な男の人に尾けられているようです」

「変な人？」

「今、木の陰に隠れました」

お民が恐ろしげな顔をして、街道脇の松の木へちらと視線を走らせた。

お登勢は振り返るが、そこには落日と競争するように足早に行き過ぎる旅人ばかりで、

「誰……渡し船の船頭さん？」

「いいえ、知らない人です」

「分かりました。お民ちゃん、振り返ってはいけませんよ。ここからは早駕籠を乗り継いで帰りますからね。知らんふりして、いいですね」

「はい」

俄かに緊張が走った。

縁切りの仕事は、一方に喜ばれはしても、もう一方には恨まれることも少なくない。

「駕籠屋さん。急いで頼みます」

お登勢は言い、二人は駕籠の人となった。

二

「しかしそれは、お民の勘違いだったかもしれぬぞ」

十四郎は、茶の間で雑煮の箸を使いながらお登勢に言った。

「そうだったかもしれません。品川《しながわ》の宿で駕籠を乗り継いで、一目散に駆け帰ってきたのですが、もうたいへんなお年始参りでございました」

お登勢は、袖で口元を押さえながら、ふふふと笑った。

「お民は慌て者だからな」

十四郎も苦笑して、雑煮の汁を啜った時、

「お登勢様……」

お民が青い顔をして、敷居際に膝をついた。

「お民、幽霊でも見たような顔だな」

「だって、来たんです。玄関に、あ、あの男が」

「あの男って、昨日の、あの気味の悪い人ってこと？」

「はい。女将さんに会わせてほしいって」

お登勢は、十四郎と顔を見合わせると、すぐに立ち上がって男を待たせてある帳場の裏の板間に入った。

きちんと膝を揃えて十四郎とお登勢を見迎えたのは、あの、鶴に餌を撒いていた男であった。

「私に、何のご用でございますか」

お登勢は、十四郎が座るのを待って男に聞いた。傍には藤七も座っている。

「あ……あの……」

男は、何から話していいか分からないといった顔をした。言葉がうまく出てこないようだった。

「名は、どこの住まいの者か」

十四郎が傍から聞く。

「名は、よ……与吉《よきち》」

小さい声で告げた。そして俯いた。

「与吉さんですね。で、お住まいは……」

お登勢が聞くが、またどうしようかというような顔をする。

「与吉とやら、はっきり申さぬか」

十四郎が一喝入れる。

「あの、あの……私、つ、つるが……」

「つる……鳥の鶴のことか」

与吉はかくんと頷いた。

「鶴がどうしたのだ」

「いえ、離縁を……」

「何、離縁だと……鶴が離縁をしたいというのか」

十四郎は苦笑した。

「いえ……」

「もそっと、順序だてててはっきり話せ」

だが男は、十四郎に笑われたことを恥じたようで、首を垂れて黙ってしまった。

「ふむ……」

　十四郎は困った。意外と傷つきやすい性格かなと思った。ならばと腕を組んでぐるぐる首を回したりして、与吉の次の言葉を待ってみたが、いっこうに与吉は顔すら上げようとはしないのである。

「与吉さんとおっしゃいましたね。あなた、きのう私たちを尾けていましたね」

　与吉は、びくっとして膝を動かした。

「私に用があって、それで、尾けていたのですか」

　与吉は頷いた。

「そうですか……では、六郷領の人かしら」

　与吉は頷く。

「分かりました。で、離縁というのは、あなたの話ですか」

　与吉は強く頷いた。

「困りましたね。せっかくでございますが、私どもでは女の方からの縁切り話はお引き受け致しますが、男の方からの話はお引き受けできません。そうですね。あなたがどうしてもお役所に申し立てたいと思うのなら、六郷の代官所をお訪ねなさい」

　与吉は、はっと険しい顔を上げると、激しく首を横に振った。

「代官所に申し立てられない何か理由でもあるのか」

十四郎が聞くが、また首を垂れてしまった。

「お登勢殿、埒《らち》があかぬぞ、この男は……まっ、いずれにしてもだ、引き取ってもらうしかなかろう」

業《ごう》を煮やした十四郎が呟くように言った時、またお民が顔を出した。

「お登勢様、このお人のことでお話ししたいことがあるとおっしゃって、今玄関にお客様が見えました」

「男の申し立てなど駄目だと言いなさい」

お登勢の代わりに、十四郎が言う。しかしお民は困ったような顔をして、

「でも、その人、昨日私たちが乗った船の船頭さんなのです」

その言葉に、はっと与吉は顔を上げ、

「佐太郎……」

と言ったのである。一瞬、百万の力を得たような表情を見せた。

「とりあえず、玄関もなんですから、こちらへ……」

お登勢は、お民に頷いた。

「ごめんなすって。あっしは佐太郎と申しやすが……」

現れた男は、紛れもなく、昨日お登勢に話しかけてきた、あの船頭だった。

船頭はまず自身の名を佐太郎と名乗り、与吉に顎をしゃくって視線を投げると、

「この与吉の幼馴染みでございやす。与吉がこちらに伺ったと聞きまして、追っかけて参った次第です。いや、なに、実を申しますと、与吉は口下手でございやして、鶴と話はできても人間様とはなかなかうまく話せない男でございやす。それであっしが、与吉の代わりにお話しした方が早いのではないかと存じやして……」

佐太郎は、白い歯をみせて頭を掻いた。

だが挨拶をすませると、急に顔を曇らせて、お登勢を、そして十四郎を見詰めてきた。

「実は与吉は、六郷で将軍様の御鷹場《おたかば》を預かる名主『触次名主《ふれつぎ》』の寺沢庄五郎《てらさわしようごろう》さんの娘婿でございやして、軽々しくお代官所に離縁の話など、持ち込めねえ立場でございやす。それであっしが、橘屋さんという女の駆け込み人を預かっていなさる女将さんに会ったという話をしてやったものですから……」

「なるほど。それで与吉はここへ……しかし、たったいま与吉にも言ってやったのだが、男からの離縁の申し立てなど聞き入れることはできぬぞ、ここは」

「承知致しておりやす。ですが、お知恵は拝借できるかと存じまして……いえ、仲裁に入っていただければ、なお……それ相応のお代はお支払いできると存じます。と、申しますのも、与吉の家も隣村の名主の一人、寺沢家ほどではございませんが、お手間を頂いた分はお支払いはできると存じます」

「しかし、そういうことなら、直接ご実家に相談されてはいかがでしょうか」

「いえ……それは……はっきりと与吉の方が悪くないという事実があった上で、他の者の口で語られなければ、実家にしても与吉を勘当するしかなくなります」

佐太郎は、自分のことのように、困り果てたという顔をした。

「親子じゃないか」

「世間体がございます。親の感情だけではどうにもなりません。相手は、幕府のご意向を預かる触次名主でございやすから、なおさらです」

「分かりました。一応、お話だけはうかがいましょう」

お登勢は言った。

夫婦の離縁の決着は、夫の離縁状なしでは成り立たない。

だからこそ駆け込み人救済の手は、女にのみ差し伸べられるものであって、離縁云々の権限を持つ男には必要とはされていない。

ただ、与吉の場合は婿養子で、離縁状を出す権限は与吉ではなく妻の父親にあるので、与吉の立場は妻たちと同じく弱者であった。

それもあってか、お登勢は目の前にいる朴訥《ぼくとつ》で無口な男に、同情を寄せてしまったようだった。むろん仲裁に入ったところで、しかるべく金は受け取れる筈もない。話だけでも聞いてやろうと言ったのは、お登勢の義侠心からであったろう。

佐太郎は、お登勢の言葉に、ほっとした表情を見せた。


佐太郎の話によれば、与吉は、大森村の名主野島均兵衛《のじまきんべえ》の三男坊だが、野島家は純粋な米農家で触次名主ではない。

ただ、大森村は六郷村と同じく幕府の直轄領であり、二つの村は村人の行き来も頻繁にあって、それで与吉は幼いころから、品川から川崎にかけての一帯が将軍の御留場になっていて、数多くの鳥たちが毎年やってくることに子供ながらも感動を覚えていた。

しかし、寺沢家のように触次名主でなければ、御留場に自由に足を踏み入れて、鶴や鷺《さぎ》や、その他の鳥獣を間近に眺め、世話をすることは叶わない。

なにしろ御留場を預かる者は、鳥獣の繁殖と環境の維持を図るというお役目を担っており、それがために鳥獣を傷つけ、あるいは捕獲し、殺生《せっしょう》をする者を厳しく取り締まっていたのである。

しかも御留場のある村には『鳥見方《とりみかた》』と呼ばれる役人が陣屋の支配下にあって、これがまた、村内を見回って目を光らせていた。

お上は、村民やよそ者が御留場に入り、鳥の卵を取ったり、巣を壊したりしないように、専属の役人まで置いていたのである。

水鳥が飛来してきた土地が、たとえ村民の土地であったとしても、一帯の木や草を勝手に刈り取れば罪に問われるという厳しい規制をかけていた。

鳥の飛んでくる村々は、春になって鳥が飛び立つまでは、ずっと緊張を強いられていた訳である。

与吉は、そういったことも熟知した上で、鳥の世話をして暮らしてみたいという願望をずっと持っていた。

その願望が叶ったのが、寺沢家の婿養子に入ることだったのである。

ところが、与吉が婿に入って三年になるが、妻であるお梶《かじ》とは一緒の床に入ったこともなく、与吉は一日のほとんどを、御留場の小屋で過ごすようになっていた。

義父の庄五郎はともかく、女房のお梶は与吉をまるで下男でも見るような目で見るのであった。たまに遊びに行った佐太郎も、与吉がそういった胸が悪くなるような扱いを受けているのを見知っていた。

幼い頃は佐太郎と野山を駆け回った与吉が、近頃は喋ることも忘れたような人間になってきた。いや、心の中に閉じこもって、なにも喋れなくなってきた。

心配した佐太郎が、いろいろと聞きただしてみると、与吉に、もはや寺沢家を去りたいという気持ちがあることが分かってきた。

それで、いろいろとその方法を思案していたところに、お登勢と出会ったのだと佐太郎は説明した。

「するとなにか……与吉は、女房の冷たい仕打ちに耐えられない、そういうことだな」

十四郎は、佐太郎の話を俯いて聞いていた与吉に聞いた。

与吉は、弱々しく頷いた。

「鶴の世話ができなくなっても、いい……それより離縁したいと」

「……」

「与吉」

「鶴が……鶴が可哀相だ」

与吉は訴えるように言った。

「鶴……」

「見ていられねえ」

今度は呟くように言う。

「与吉は、大切に守っている鶴や水鳥が、鷹狩りで殺されるのを見ていられねえというんです」

傍から佐太郎が補足した。

「まあ、そういう、いろいろありやして、あっしも寺沢家を去った方がいいのではないかと……」

与吉の鶴思いには感心するが、それがために、これ以上の辛抱は見ていられねえ、佐太郎はそう言うのだった。

「与吉、お前の気持ちだが、佐太郎の言う通りだな」

十四郎が念を押すと、与吉はこくりと頷いた。

三

六郷の渡しの砂浜には、葦簀《よしず》掛けの小屋が数軒並んでいる。茶屋や蕎麦屋といった屋台に毛の生えたような店だが、それでも船待ちの旅人で結構客は入っていた。

船着き場の砂浜には大きな荷物が置いてあったり、馬も一頭つながれている。店に入らぬ者は砂浜に炎を上げている焚き火のまわりに集まっていた。

数日前まで雪に覆われていた大地はすっかり枯色の肌に衣替えしているが、所々にまだ残っている雪の塊が、風情よろしく人々の目を奪っていた。

「十四郎様、佐太郎さん、遅いですね」

団子を食い終えた藤七が茶を啜ってから言った。

二人は大森の間《あい》の宿《しゆく》で部屋をとり、渡し場へ行って佐太郎が現れるのを待つことにしていた。

というのも、今日の昼前に佐太郎の使いが、お登勢に文を持ってきたのだ。

与吉の命にかかわる一大事、ご足労を乞う……と書かれてあり、仔細は記されていなかったが、一刻を争う緊迫したものが窺えた。

そこで十四郎と藤七は、お登勢の意向を受けてすぐに深川を出発し、大森の間の宿に宿をとった後、この渡し場まで佐太郎に会いにやってきた。

間の宿とは、宿場から宿場までの間に、ちょっと旅人を休憩させる宿のことをいう。昔は宿泊できなかったらしいが、近頃はそうでもなく、頼めば泊めてくれるようになっている。

なにしろ、府内は目と鼻の先だが、話に決着がつかなくてはいちいち深川まで戻る訳にもいかず、数日宿泊することになったのである。

たいして銭にもならない頼まれごとに、そうまでして六郷の渡しまでやってきたのは、事の重大さを察知したからである。

十四郎と藤七は文にあったこの渡し場で、先程から船が着くたびに、乗降客を捌《さば》く船頭に佐太郎の姿を探していたが、佐太郎の姿は見えなかった。

待つこと四半刻《しはんとき》（三十分）、渡しの船が出発したその後に、川上から櫓《ろ》を漕ぐ舟が近づいてきた。

佐太郎だった。

「遅くなりやして申し訳ありやせん。どうぞ、舟に……」

と言う。

「今日はあっしは、暇を頂いておりやして……」

佐太郎は、太い腕で櫓を漕ぎながら、川上へと舵をとった。

一帯は見渡す限り枯れた葦が林立し、その向こうには湿地帯が続き、無数の水鳥が見えてきた。

「塙様。このむこう一帯が、与吉が餌を撒いている御留場でございますよ」

佐太郎は、岸辺に舟を止めて、十四郎たちに説明した。

まだ雪の残っている湿原に、鶴の遊ぶのが見えた。

「実は与吉は、あの鶴を矢で射て怪我をさせたと、昨日から寺沢家の蔵につながれているのでございやす」

「何、与吉が鶴を……」

「へい。仔細を文に書かなかったのは、他に漏れると与吉の身が危ねえ、名主の家では与吉を自害させるかもしれねえと思ったからです」

「……」

「幕府のお役人の耳に入れば死罪ということにも、なりかねません……」

「そうか、そうだったのか……いつだったか、旗本の子息が、隅田川の東岸で鶴を射落として、お家は断絶になっている」

「旦那、あっしは、与吉が鶴を射るなんてことは絶対ない、あの男に限ってある筈がないと思っているのでございやす」

「……」

「何か事情がある筈です。与吉が鶴を怪我させたという話は、まだ外には漏れてはおりません。今なら間に合う。そう思いましてお願いした次第です」

佐太郎はそう言うと、舟を岸から離して、さらに川上に向かった。

「婿入り先の寺沢家にご案内します。俺などは門前払いでございやすが、旦那方なら親父さんも会ってくれるかもしれません」

「しかしだな。俺たちが訪ねるということは、与吉が離縁をしたいと言い、橋屋にやってきたことがばれるが、それでもよいのか」

「だからこそ、寺沢の親父殿は旦那方を追い返すことはできねえはずだと、あっしは考えたのでございますよ」

どんな手を使っても友人の与吉を助けてやりたい、佐太郎にはそんな執念が窺えた。

「おっとあぶねえ。旦那方、気をつけて下さいまし」

佐太郎は、ちらっと土手に目を遣った。黒橡《くろつるばみ》色の山袴に背割羽織《せわりばおり》、韮山《にらやま》笠を被った背の高い男が、土手からじっと睨んでいた。

「鳥見方のお役人でございます」

と、佐太郎は言い、くわばらくわばら、などと口走って岸を離れた。

役人はしばらく、十四郎たちに鋭い視線を放っていたが、やがてくるりと背を向けると、湿原のむこうに消えた。

「なるほど、与吉がそのような相談をそちら様にお願いしたのでございますか……」

寺沢庄五郎は、十四郎の話を聞き終わると、眉根を寄せ、太い溜め息をついた。

「しかし、初耳でございます。私は、与吉が御留場の小屋に泊まり込むのは、てっきり鶴を大切に思うがためのことだと、そんな風に考えておりました……」

思案に余る顔を上げた庄五郎は、弱々しい白い陽射しのこぼれる障子の外に目を遣った。

庄五郎の屋敷の庭は、里とは思えぬ贅《ぜい》をつくしたものだった。築山《つきやま》の配置も、流れる滝を模した池も、春秋の景色が庭ひとつで一望できるように造られていた。しかしその庭と、与吉がこの家の婿だという事実は、あまりにもかけ離れているように十四郎には感じられた。

十四郎たちが持ち込んだ与吉の悩みは、庄五郎を驚かせたようだった。与吉と寺沢家に心の乖離《かいり》、深い溝のあることを、庄五郎は微塵も気づいていなかった。

それどころか、庄五郎の顔にはまさかという苦々しいものが表れていた。

黒々とした太い眉、目も鼻も実に大造りな庄五郎の顔相を見た十四郎は、この親父殿に睨まれたら、与吉は小さくなる他ないのだろうと思ったのである。

むろん佐太郎から聞いた鶴の話……御留場で保育している鳥獣が狩りの餌食《えじき》にされる与吉の憂いなど、庄五郎には話していない。

「お茶をお持ちしました」

綺麗な着物を着た若い女が茶を運んできた。

「娘のお梶です」

庄五郎がそう言い、お梶には、この人たちはご府内から参られた与吉の知り合いだと告げた。

途端、茶を出していたお梶の手が止まった。だがお梶はすぐに平静を装って、

「どうぞ、ごゆっくり」

と、頭を下げて出ていった。

「わがままに育てましたが、私にとってはたった一人の娘でございます」

庄五郎は、十四郎たちにお梶を悪くは言わせないぞというような、釘を刺すような言い方をした。

――なるほど……。

と十四郎は思った。

お梶は色白く、目鼻立ちも親父殿には似ても似つかぬ美しい顔をしているが、茶を差し出す仕草一つにしても、心からお客に茶を出すといった人肌の温かみのようなものが皆無であった。

それに、佐太郎の話では、与吉とは夫婦らしからぬ生活をしていると聞いていたが、お梶には男を知った妻としての、落ち着き払った色気が見えた。

「若い夫婦のことに口を出す。そんな嫌な年寄りになりたくありませんからね。私は二人のことについては干渉しないようにしてきましたよ。与吉が離縁を望んでいたことも初めて知りましたが、私は離縁は望みません。第一、娘の腹には、与吉の子が宿っているのでございますよ、塙様」

じっと見た。

「何……与吉はそのことを知っておるのか」

「いえ、知らないと存じます。私もつい先日、かかりつけの医者から聞いたばかりでございますから……」

「ふうむ……」

妙な話になってきたぞと、十四郎は傍にいる藤七と顔を見合わせた。庄五郎の話は、与吉や佐太郎の話とは、まったく合致しなかった。

「お梶とうまくいかないなどと、与吉の被害妄想でございますよ」

庄五郎は笑った。端から与吉の意向など問題にはしないということらしい。

「そうか……子まで成した夫婦を別れさせては、生まれてくる子が不憫《ふびん》だと、そういうことかな」

「はい。どんなことを与吉が相談したのか存じませんが、どうぞ聞き流して下さいますよう……」

「ふむ」

「与吉にしても、自分から望んでこの家の者になったのでございますよ。もすこし、辛抱もしてもらわねば」

「ならばひとつ、娘御と話をさせてはもらえぬか。この先、夫婦が睦《むつ》まじくいけるように、与吉の心を伝えておきたい」

「お断りします」

「何……」

「婿に入った与吉との縁は、養父の私の胸三寸、それは、塙様もご存じと存じますが」

庄五郎は冷ややかな笑みを見せた。

「なるほどな……では、与吉に会わせていただこうか」

ようやく意図していた言葉を発してみた。養父の言う通り、与吉の被害妄想で、養父の婿に対する愛情が本当にあるのなら、与吉に十四郎たちを会わせることなど、何も躊躇《ちゅうちょ》することはないと考えたからである。

しかし庄五郎は、

「それも、お断りします」

にべもなく言った。

「庄五郎」

と、十四郎は呼び捨てた。

「それはあまりにも、与吉の心をないがしろにした言い方ではないか。俺は、今のいままで、お前の胸のうちには、養父としての与吉へのいたわりもあって、それで離縁には応じられないのかと思っていたが、どうやらそうではなさそうだな」

きっと見た。

「な、何をそのような」

「そうではないか。聞いていれば、すべてわが家、わが娘のため」

「塙様、お口が過ぎます」

「与吉が鶴を傷つけたとしてどこかに閉じ込めているらしいが、それも与吉の身を案じて内密にしてやりたいということではなく、寺沢家の安泰のため」

「お待ち下さいませ。いったいどこでそのような話、お聞きになったのでしょう」

「言えぬな」

「なんと」

「だが、軽々に漏らす人間から聞いたのではない。与吉のことを案じてのことだ」

「会わせてくれぬか。本当に与吉が鶴に怪我をさせたのかどうか聞いてみたい」

庄五郎の表情が、一瞬凍りついたかに見えたが、すぐに大きな黒目で睨んできた。

「せっかくですが、お断りいたします。下男の証言もあることです。そちら様に詮索していただくことでもございません」

「下男の証言？……すると、本人は認めていないのだな」

「これ以上は……それより、どうぞ他言無用にお願いします」

「むろんのことだ」

「では、私はこれで……」

庄五郎はそれで腰を上げた。座を蹴るようにして廊下に出ると、

「お客様がお帰りですよ」

そう使用人に呼びかけて、十四郎たちを座敷に残したままで、部屋を後にした。

「……」

「一筋縄ではいきませんね」

寺沢家を振り返って、藤七は苦々しい顔をした。

黒塀に囲まれた寺沢家の屋敷は、誰からの介入も拒否するかのごとく、静まりかえっていた。

「そこの者、出てきなさい」

突然、十四郎は門前に据えてある大きな石の後ろに向かって声をかけた。

すると、石の後ろから背の低い男が、恐怖に顔を引き攣《つ》らせて姿を現した。

「お前は、先ほどもこの家の庭に潜んでいたな。今またなぜ、俺たちを尾けようとした」

「お許し下さいませ。別に理由はございません」

「名は」

「………」

「名乗りなさい」

「どうぞご勘弁を……」

男は、突然踵を返した。

「粂吉《くめきち》さん」

走ってきた佐太郎が男を呼んだが、男は振り向きもせず駆けていく。

「粂吉というのか、あの男」

「はい。与吉と一緒に、鶴に餌をやっている寺沢家の下男です。どうかしましたか」

佐太郎は怪訝な顔をして、手毬《てまり》のように駆け逃げる条吉の後ろ姿を目で追っていた。

「そうか……佐太郎、あの男が証言したらしいぞ、与吉が鶴に矢を射たのだとな」

「まことでございやすか」

「庄五郎が言ったのだ」

「条の奴、許せねえ」

佐太郎は猛然と、条吉が消えた野の道へ駆け出した。

「十四郎様、また、あのお役人です。こちらを見ていますよ」

藤七に袖を引かれて首を回すと、視線の先に、鞭を持ちじっとこちらを見据える鳥見方の姿があった。

四

「何、粂吉が死んだ……」

宿屋で朝餉の膳を前にしたところへ、佐太郎が段梯子をかけ上がってきた。粂吉が、六郷の渡しの川崎側の岸に死体で上がったというのである。

渡しの場所は、ちょうど六郷川の川筋が川崎側に蛇行している箇所にあり、大水が出た時など、流木はこの川崎側に打ち寄せられる。

特に船着き場の川上にあたる入り江には、普段から上流から流れてきた土砂や草木がよく集まる場所で、粂吉の死体が上がったのも、その入り江だったという。

「あっしは、川上で殺されて流れついたのではないかと思うのですが、鳥見方の鬼頭《きとう》様は、川崎の宿で一杯やって、それで誤って川に落ちたのだろうなどとおっしゃいまして……」

「鬼頭とは、昨日、御留場で俺たちを見ていた男か」

「へい。もう一人、菅野《かんの》様とおっしゃるお役人がいるのですが、寺沢家が預かる御留場は、鬼頭様が見回っておられますので……」

「で、その鬼頭様ですが、ろくに検分もしねえまま、粂吉のおっかさんに死体を送りつけたというんです。粂吉は酒などやりませんよ、一滴も……それを、誰も何も言えないもんだから、お役人はさっさと死体を片づけてしまったのでございます」

「ふむ」

佐太郎は昨日、粂吉の後を追ったが、見失っていた。

そこで撒き餌の作業小屋や家も訪ねてみたが、粂吉はあれ以来姿を消したままになっていた。

「与吉があんなことになって、粂吉は鶴の餌を撒く仕事で頭がいっぱいだった筈です。川崎の宿に遊びに行くどころではありやせんや。それを、お役人は……」

「佐太郎、お前は、粂吉の家を知っているのか」

「へい」

「よし、行こう。与吉が鶴を矢で射たと庄五郎に告げたのは粂吉だ。その粂吉が突然死ぬというのは不可解だ」

「おっしゃる通りで」

「十四郎様、それじゃあ私は、鬼頭とかおっしゃるお役人を……」

と藤七は立った。

「頼む……佐太郎、お前は俺を案内しろ」

「へい」

佐太郎は緊張した顔で頷くと、六郷の船着き場に用意していた舟に十四郎を乗せて川を上った。

粂吉の家は、御留場の入り口に当たる、荒野の雑木林の中に建っていた。家とは名ばかり、茅葺《かやぶ》きの掘っ建て小屋だった。

十四郎たちが小屋の前に立った時、中から啜り泣く声が聞こえてきた。

「粂吉のおっかさんです」

佐太郎は顔を曇らせると、おとないを入れた。

「おっかさん、佐太郎です」

破れ戸を開けて中に入ると、土間に藁を敷きつめた寝床の上で粂吉が眠っていて、母親が死出の旅支度をさせているところだった。

旅支度といっても、継ぎの当たった帷子《かたびら》一枚を体にかけて髪をときつけてやるだけのことである。

薄暗い土間の片隅には、荒削りの棺桶が置いてある。

死臭が狭い土間に漂っていた。

「おっかさん、これはいったいどういう訳でえ。粂吉が死んだというのに、名主の家からは、誰も手伝いに来てくれなかったのかい」

佐太郎は、涙で顔がくしゃくしゃになった老婆に言った。

「佐太郎さん……名主様は、これで始末をしろと……」

母親は、懐から一両を出して、骨と皮ばかりになった手で拝むようにして見せた。

死人のような顔色だった。死臭は、母親の体から放出されていたのである。母親には、体のどこかに死期が迫った重い病があるようだった。

「粂の葬式に一両も下さいました。ありがてえことでごぜえます」

「何言ってんだい、おっかさん。粂吉さんは、殺されたのかもしれねえんだぞ」

「へっ」

老婆はきょとんとして、見詰めてきた。

「殺しだな」

十四郎は、粂吉の首にある扼殺《やくさつ》の痕を、遺体の傍に蹲《うずくま》ってすぐに見つけていた。

「粂吉は、首を手で絞められて殺されたのだ。川に放り込まれたのはその後だ。誤って落ちたのなら水を飲んでいる筈だが、粂吉は水など飲んではおらぬ」

「おっかさん、聞いたかい。粂吉さんは殺されたのだ」

「粂吉が、殺された……お武家様、本当でございますか」

呆然とした顔を向けた母親に、十四郎は頷いた。

「粂が……粂が……お前、何をしたんだよう……」

母親は、粂吉の体を激しく揺すって泣き崩れたが、突然激しい咳《せき》に襲われた。

「おっかさん、大丈夫かい……」

びっくりした佐太郎が、母親の背に手を伸ばすと、母親は青白い顔を起こして佐太郎の手を制し、弱々しい笑みを投げた。

「いいんだ、あたしゃ、もう長くはねえ。粂も死んだんだ。生きていてもしょうがねえ……」

「馬鹿なことを言うものではない。佐太郎に頼んで、名主にかけ合ってもらえばいい」

十四郎が言った。

「無駄だ、名主様は、この一両で終いだって……」

「名主がそう言ったのか」

「使いの者が言ったんだ、後は迷惑かけねえでくれろと」

「何……」

「この金は、粂が鶴に餌やってくれた十年間のお礼だと」

「それが一両か」

「へい」

「塙様。あの名主は、ここら辺りでは有名なけちんぼうです。今までだって粂吉は給金なんて貰ってやしねえ。与吉から聞いた話では、粂吉は鶴にやる籾米を分けてもらって、それを食ってしのいできたんだ。そうだな、おっかさん」

「へえ」

「それも、ほんの一握り……鶴の餌は朝に一升、昼過ぎに一升三合撒いているらしいのだが、これは、お上からの下されものです。粂吉さんは、その中から、朝に一合、夕に二合の籾米を貰ってた。それがすべてだったんでございやすよ。名主は、粂吉さんを働かせても、びた一文、出してた訳じゃねえ。そうだな、おっかさん」

「へえ。でも、若旦那様が参られてから、粂吉は、時々、大豆や魚や、いろいろ頂いて参りまして……若旦那様のおかげで、おらたちの暮らしも少しは楽になっていたんです。なんでも若旦那様は、ご実家からそれを貰ってきて、おらたちにくれたのだと聞いてますだ」

「なんてこった。おっかさん、粂吉さんはよ、その若旦那を訴えたんだぜ。鶴を矢で射て怪我させたって……」

「嘘だ」

「嘘じゃねえ。それがために、若旦那は今名主の蔵に閉じ込められているんだぜ」

「そんな筈はねえ」

母親はきっと見た。

「いつだったか粂吉がよう、おらの病気は、鶴の生き血がええなんて話を聞いて帰ってきたことがあったんだ」

「何……」

十四郎は、佐太郎と顔を見合わせた。母親は、ここだけの話だ、他には漏らさないでくれ……と、前置きして話を継いだ。

「それで粂吉は、たまたまどこかで怪我をして飛び立てなくなった鶴がいたもんで、それを欲しいと、若旦那様をここにお連れして、頭下げて頼んだことがあるんだ。鶴はいずれ、将軍様や御三家の皆様の慰みものになるんだろ。だから、今回限り許してほしいと……そしたら、若旦那様は、怖い顔をなすって、二度とそのような話をしたら許さねえって、そう言ったんでございますよ」

「当たり前だ。そんなことをしてみろ。病気を治すどころか、皆首を斬られるんだぜ」

佐太郎は、目を丸くして母親に厳しく言った。だがすぐに、はっとした顔を十四郎に向けてきた。

――ひょっとして、鶴は粂吉が傷つけたのかもしれぬ。

十四郎が厳しい顔で佐太郎に頷いた時、母親が、弾かれたように顔を上げた。

「何だね、おっかさん。言ってみなさい」

十四郎は、腰を落として母親の顔をひたと見た。

「お武家様。詳しいことは知らねえだども、粂吉は、見てはいけないものを見た。聞いてはいけない話を聞いたと……」

「何を見たんだ。誰の話を聞いたんだ」

「おらが知ってるのは、それだけです」

母親はそう言うと、また激しく咳き込んだ。

薄闇の中から、押し殺した女の声がした。

「佐太郎さん……」

名主寺沢家の黒い土塀をぐるりと回ると、裏手は植え込みの柴垣になっている。声はその裏木戸から聞こえてきた。

十四郎と佐太郎が油断なく辺りを見渡して近づくと、女が木戸から顔を出して手まねいた。

寺沢家の下女およねだった。

粂吉の母親の話から、粂吉の死と与吉の事件は一つではないかと十四郎は考えた。何か恐ろしい力で、与吉は闇へ闇へと引きずり込まれているように思えたのである。

粂吉の証言はその幕開けで、粂吉は誰かから偽証させられたのではないか。それが明るみになるのを恐れて、粂吉は殺されたに違いない。

ただ、不可解なのは、婿に愛情のかけらも持っていない寺沢庄五郎が、与吉を自邸の蔵に押し込めているということだ。事が明るみになれば寺沢家だってただではすまない。

与吉が離縁を望んでいるのならもっけの幸いと、すぐに縁を切って放逐《ほうちく》してもよさそうなものなのに、庄五郎は離縁はしないというのである。そこのところが、十四郎には理解できないでいた。

この上は、なんとかして与吉に直接会って質《ただ》してみたい。このままだと早晩与吉の命も狙われるのではないかと、十四郎は佐太郎に告げた。

佐太郎も同じことを考えていたようで、すぐさま名主の家の下女およねを摑まえて、大旦那に内緒で与吉に会わせてほしいと頼み込んだのであった。

およねは、佐太郎の隣家の娘だということだった。

前々から与吉が可哀相だと佐太郎にこぼしていたらしく、今回与吉が蔵に押し込められたという話も、佐太郎はおよねから聞いて知ったのである。

およねは、名主の家の他の人間とは違って、理由を述べれば協力してくれると佐太郎は考えたようである。

はたしておよねは、今晩大旦那様はお上の直轄領六郷領に属する三十五か村の寄り合いがあって、出かける筈だと教えてくれた。

それで急遽、およねに手引きを頼み、十四郎と佐太郎は陽の落ちるのを待って、名主の屋敷を訪ねてきたのであった。

「若旦那様は土蔵の中です。お梶様もお出かけでございます。万が一のことを考えて、私、ここで見張ってますから……」

およねは言った。

十四郎と佐太郎は、薄明かりを頼りにして、およねが教えてくれた蔵に入った。

「与吉……」

佐太郎が声をかけると、小さな行灯《あんどん》の灯のむこうに、蹲っている与吉が見えた。

与吉の傍には、ぐったりとした鶴が一羽、籠の中に横たわっていた。

「佐太郎……」

憔悴《しょうすい》しきった与吉が振り向いた。

だがすぐに、大粒の涙を流して、

「鶴が……鶴が……」

と声にならない声を上げた。

「死んだのか」

十四郎は鶴の傍に寄り、目を閉じて身動き一つしない鶴を見た。

鶴の首には矢柄《やがら》一寸ほどが見え、鏃《やじり》は体に突き刺さっていて、その本体は切り落とされていた。

「この矢、野矢《のや》のようだが……与吉、お前が矢で射たというのは、本当か」

与吉は、激しく首を振った。

「やはりな」

十四郎が見たところ、野矢は野矢でも、篠に節陰《ふしかげ》まで施してあり、与吉がそこらの竹を伐《き》って片手間で作ったものとは、到底思えなかったのである。

「粂吉は、お前がやったのだと庄五郎に言ったそうだが、なぜ粂吉が、お前を陥れるようなそんな証言をしたのか分かるか」

十四郎が尋ねると、与吉はじっと考えていたが、苦笑して、

「たぶん、病気のおっかさんのために……鶴の血を欲しいと言った時のことで……私に恨みがあったのだと……」

「ふむ。その時お前は断ったそうだな」

与吉は頷いた。

「逆恨《さか》みか……粂吉も罪なことをするぜ」

佐太郎が、怒りにまかせて口走る。

「第一、それじゃあ粂吉が矢を射たのかもしれねえじゃねえか」

「佐太郎、それは違う」

与吉は、激しく首を振って否定した。

「俺でもない……粂吉でもない」

「じゃあ誰なんだ。人のいいことばっかり言ってるから、こうなるんだ。お前、世間に知れれば死罪だぞ。見ろ、鶴は死んだんだ」

佐太郎の言葉に、与吉は激しく動揺した。儚げな灯の光の中で、こちらを見詰めてきた与吉の目が、恐怖と不安で揺れていた。

「佐太郎」

十四郎は佐太郎を制して、与吉の肩に手を置くと、静かに聞いた。

「なぜ、こんなことになったのか話してみろ」

「塙様……」

与吉は懸命に、訥々《とつとつ》と言葉を繋いだ。

与吉が橘屋から帰ってきた夕刻のことであった。

午後の餌撒きが遅くなった与吉が、急いで撒き餌場所に足を踏み入れると、与吉が『おつう』と呼んでいた鶴が、首を矢に射られて蹲っていた。

与吉は頷き、咄嗟に粂吉がやったと思った。

「お前は……」

与吉は粂吉に飛びかかった。

「何をするんだ。あっしでねえよ。あっしでねえ」

粂吉は必死に抵抗し、与吉を突き飛ばすと、転げるようにして逃げた。

「おつう」

与吉は鶴に走り寄って抱き上げた。

鶴の体はまだ温かく、僅かに目をあけて与吉を見た。

与吉は鶴を抱いて、夢中で小屋まで駆け戻った。

――とりあえず手当てを……。

そう思ったのである。

ところが、小屋の表に庄五郎が待ち構えていた。庄五郎に隠れるようにして粂吉も立っていた。

「とんでもないことをしでかしたものだな、与吉」

庄五郎は厳しい顔で言った。

「違う」

与吉は否定したが後の祭りで、庄五郎に首根っこを摑まれて、屋敷の蔵に鶴と一緒に押し込まれたということだった。

「この鶴は、飛べなかったんだ……小さい時に死んだ妹も、足が不自由だった……私はこの鶴に『おつう』と、妹の名をつけていた……」

与吉は泣いた。

「お前は、だから今まで、下男のような扱いを受けながらも辛抱していたのか」

佐太郎が聞いた。

与吉は、何度も頭を振った。

「馬鹿な奴だよ、お前は……その結果がこのざまだ。お前は馬鹿だ、馬鹿だ、馬鹿だ」

佐太郎は、泣きながら与吉を打った。

「急いで下さい」

表に、緊張したおよねが立った。

「お梶様がお帰りになって、いまお風呂を使っています。今のうちに早く……」

およねは、十四郎と佐太郎を急がせて、裏木戸から押し出しながら、

「私、お梶様は嫌いです。あの人は汚い人です」

薄闇の中のおよねの白い顔が怒っていた。

振り返った十四郎に、およねは屋敷の中にちらと視線を走らせた後、小声で言った。

「お梶様のお腹の子は、鬼頭様のお子なんです」

「まことか」

「はい。大旦那様は見て見ぬふりをしています。それに……」

「それに」

「恐ろしくて言わないでおこうと思ったけど」

「何だ、言ってみなさい」

「お梶様が鬼頭様に言っていました。若旦那様が死ねばいいんだって、それですべて片がつくんだって……」

「何……」

「若旦那様を離縁すれば、若旦那様が婿入りしてきた時に持参した一町歩《ちようぶ》の田圃は若旦那様に返さなくてはならないけど、若旦那様が死ねば、田圃は返さなくてもいい。寺沢家のものになるのだからって……」

「確かにお梶が言ったのか」

「はい、でもそれは大旦那様の考えでもあるような口振りでした。可哀相なのは若旦那様です。お武家様、若旦那様を助けてあげて下さい、お願いします」

およねはそう言うと、慌てて屋敷の中へ駆け入った。

「およね、およね……どこにいるの、およね」

屋敷の中から、苛立った甲高《かんだか》い声が聞こえてきた。

——許せぬ……。

十四郎はお梶の声に、慶光寺に駆け込んでくる女たちとは全く異質の、したたかで毒々しいものを感じていた。

五

雪枯れて立つ葦の景色は、荒涼とした感がある。

しかし、その枯色の中にも青々とした水草が茂り、鶴が長い足をゆったりと伸ばして立つ様は、清涼として気高く、言うに言われぬ感動に包まれるものがある。

与吉が、寺沢家で婿養子として屈辱の生活を送りながらも、この御留場からなかなか離れられなかった気持ちが、十四郎には、ここに立ってみてはじめて分かったような気がしていた。

「十四郎様。およねさんという女中さんが漏らした話ですが、私には頷けますね。なにしろ庄五郎は、欲の皮が歩いているようなお人だと、皆、陰で噂をしているようでございますから……」

藤七も御留場の景色に心を動かされたらしく、一帯を見渡しながら、十四郎の傍に立った。

「うむ……」

「寺沢家は、この御留場を預かる代償に、近年開発された新田五町歩を幕府から頂いております。畑地が三町歩、米のとれる田圃が二町歩……御留場を預かるというのは、いかに利を生むか。寺沢家の台所が豊かなのは御留場のお陰です」

「その上に、与吉が婿入りした時に持ってきた一町歩の田圃があるという訳か」

「その通りです。与吉の父親は息子可愛さに、もっともよく稲の実る田圃を持たせて養子にやっておりますから、庄五郎がそれを手放すとは思えません」

二人はしばらく、用心深く枯れ草の上に目を配り、ゆっくりと歩を進めた。

黙って侵入した御留場である。すばやく用を済ませて立ち去らねばならなかった。

二人は、鶴の首に刺さっていた矢羽の部分を探していた。

与吉がこの場所で矢柄を切ったことは、与吉の話から分かっている。

与吉は痛々しい鶴を見るのが忍びなくて、切った矢柄は打ち捨ててきたと言った。

だがその矢柄こそが、誰が鶴を射たのかという重要な証拠となる。

「藤七、足元に気をつけろ」

「私は大丈夫でございます。しかし、陰険な手を使うものでございますね。与吉さんが橘屋にやってきた日に、留守を狙って鶴に矢を射るなんて……」

「与吉がこの場所を離れるのを待っていたのだろう」

十四郎は相槌を打ちながら枯れ草の上を探すが、目当ての矢の羽は容易に見当たらない。

ひょっとして、もう持ち去られたかと思った時、

「ありました」

藤七が、僅かに開けた水溜まりに腰を屈めて、矢羽を拾い上げた。

「十四郎様。これは、私が訪ねました御鳥見役所の部屋に束ねてあった矢羽と同じですよ」

藤七は、険しい視線を投げてきた。

昨日藤七は、鬼頭又之助《またのすけ》の周辺を調べている。

鳥見方を支配する東大森村の役所を訪ね、鬼頭が出かけていったのを見計らって、台所を預かる下男の権六《ごんろく》という男から、鬼頭の行状を聞いていた。

それによると、同輩たちは見て見ぬふりをしてはいるが、鬼頭は女は買う、酒は飲むといった行状に加え、鳥見方というお役柄、将軍のご意向をちらつかせて、自身の担当している村落から金品を掠め取っているのだと言った。

鬼頭は鳥見方といっても、家禄五十俵余りの軽輩である。

御留場に勤める間に、懐に入れるものは入れたいといった露骨な魂胆が見え、仲間からも敬遠されているらしい。

特に寺沢家との癒着《ゆちゃく》ぶりは目に余るものがあるようで、お梶とのことも、とかくの噂が立っていて、鳥見方を束ねる組頭の菅野には厳しく叱責されたことがあるらしい。

「よし。長居は無用だ」

「はい……」

二人が矢柄を手に、小屋の近くまで戻ってきた時だった。

佐太郎が駆けてきた。

佐太郎は、あれから、寺沢庄五郎の屋敷を張り込んでいた。

「塙様、お梶の女狐が出かけていきました」

「分かった」

「それと、およねちゃんの話では、女狐は出かける前に、与吉にこう言ったそうです。『あなた、鶴を死なせてしまった責任はとって下さいね。何を言っているのか分かってますね』と……暗に、首でも括れと……それで、あっしはおよねちゃんに言っておきました。塙様がついていて下さる。きっとお前の無実は証して下さるから、間違っても自害なんかしてはならねえ、そう与吉に伝えてほしいと……」

「それでよい。佐太郎、お梶の出先は分かっているな」

「へい。分かっておりやす」

「いくぞ」

「へい、合点《がってん》承知の助で」

ぎらぎらした目で佐太郎は力んでみせる。

佐太郎はここ数日の間にすっかり十四郎に敬服し、まるで手下のような密着ぶりで、与吉を助け出すまでは渡しの仕事も休むのだと言い、十四郎の指示を仰いできた。

「旦那、あっしはね、子供の頃はたいへんな貧乏でしたよ。何かあると貧乏人の子のあっしは、のけものにされたんでさ。だけんどよ、与吉の親父さんも与吉も、あっしを他の友達と隔てなく付き合ってくれたんでさ。大きくなるにつれ、与吉はあっしを、一番のだち公だって言ってくれた。あっしは、その言葉を忘れてはいねえ。与吉のためならどんなことでもしてやりてえ、そう思っているんです」

佐太郎が、蔵に閉じ込められている与吉に会った帰りに、十四郎に告げた与吉への友情の言葉だった。

肩を怒《いか》らせて十四郎を案内する佐太郎の後ろ姿に、十四郎はあの夜の、佐太郎の熱い心を思い出していた。

佐太郎が十四郎を案内したのは、大森にある立場《たてば》茶屋だった。

本来なら旅人に茶を出して一服させるだけの茶屋の筈だが、十四郎たちが泊まっている旅籠《はたご》と同じように、近年では頼めば部屋も提供してくれるといった茶屋だった。

背後に海をいただく二階屋で、階下は腰掛けの茶屋になっているが、二階は部屋を貸すような造りになっているらしかった。

「悪いことはできねえ。あっしの船頭の仲間も、お梶さんがこの二階から下りてきたのを見ておりやすし、その相手が鬼頭の旦那だってことは、宿の者たちも知っておりやす。塙様、入って団子でも食ってますか」

「そうだな。二人が出てくるにしてもまだ半刻は先だろうから、そうするか」

「へい」

十四郎は、佐太郎について中に入った。

六畳ほどの店だが、裏庭に回れば海が眺められるようになっていて、客は結構入っていた。

二階にあがる階段は、裏庭に抜ける戸口の手前に上に向かって延びているようだった。

十四郎は階段を背にして座った。

佐太郎は、顔をあげればまともに階段が見える場所に腰掛けた。

二人は注文を取りに来た若い女に、団子一皿と茶を頼んだ。

若い女は、潮焼けした健康そうな肌をしていた。十七、八だろうか、府内の女に比べれば素朴な感じのする女だった。

佐太郎は、すばやく銭を摑ませて、女の耳元に囁いた。

女はこくりと頷くと、恥ずかしそうに帳場に走った。

「間違いない。二人は来ています」

佐太郎は、人差し指で二階を指した。

女はすぐに団子と茶を運んできた。

佐太郎は、その団子を一口、口に入れた後、思い出したように言った。

「旦那、粂吉のおっかさん、死にましたよ」

「何」

「あっしもあれから気になっていたものですから、昨日覗いてみたんです。そしたら、村の者たちが小屋を壊していたんでね、聞いてみたら、粂吉を送った晩に首括って……」

「そうか……」

「粂吉も犠牲者です。悪い奴らに証言をさせられて、それで、殺されて……あっしはねえ、旦那。旦那に口幅《くちはば》ったいことを言うような柄ではござんせんが、弱い者いじめをする奴らは大っ嫌いでございやすよ」

「同感だな」

「許せねえ……」

「うむ」

「でも旦那は違う……あっしは面倒をみなきゃならねえおふくろさんがいなかったら、旦那の後についていって、手下にしてもらいてえくらいだ」

「馬鹿なことを申すな」

十四郎は苦笑した。だが、純粋に慕ってくれる佐太郎と、また一つ、心が通じたような気がしていた。

「まっ、あっしがいないと、与吉もまた誰に騙されるか分かったもんじゃねえからな」

「その通りだ。それにお前は、あのおよねという娘と一緒になるのではないのか」

十四郎の言葉に、佐太郎はびっくりした目を向けたが、

「旦那には、嘘はつけやせんや」

頭を搔いた。

だがすぐに、佐太郎は、首を捩《ねじ》るようにして目を落とすと、

「旦那、下りてきやしたぜ」

小声で告げた。

階段の軋《きし》む音が聞こえたと思ったら、頭に頭巾を被った女が二人の横を過ぎていった。

お梶だった。

「与吉が心配です。あっしはお梶を追って名主の家までめえりやす」

佐太郎はお梶を追って、軽い身のこなしで外に出た。

鬼頭が下りてきたのは、それから四半刻（三十分）ほど後だった。ゆったりとした足取りで下りてきた鬼頭は、大胆にも顔も隠さず、女将に冗談を飛ばして後、外に出た。

何度もこの宿を利用し、女将とも阿吽《あうん》の呼吸の間柄と見た。

十四郎も、すかさず後を追って外に出た。

冬の日の足は早く、街道筋には既に夕闇が忍び込んでいた。

人々は足早に、それぞれの目的地に向かう黄昏《たそがれ》時、行き合う相手に視線を走らせたり、見咎めたりする刻限ではない。

鬼頭はそれも計算に入れているのか、先程まで人妻とひそやかな時間を過ごしたなどというそぶりはひとつも見せなかった。

大股で街道筋を六郷の渡し場に向かって歩いていく。

鬼頭は川崎にでも行き、一杯やるつもりかと思われたが、六郷の渡し場で、船頭に一言ふた言尋ねると、引き返してきた。

「何を尋ねたのだ」

船頭に聞いてみると、佐太郎という船頭のことを尋ねたということだった。

——佐太郎の命まで狙っているというのか、鬼頭は。

十四郎は、鬼頭が土手の道に出たところで、追いかけて行って声をかけた。

「鬼頭又之助」

ぎょっとした顔が振り返った。

「誰だ……」

「忘れたとは言わせぬ。おぬし、俺たちを見張っていたではないか。俺は与吉の相談を受けた者だ」

「橘屋の者だな」

鬼頭は薄笑いを浮かべて言った。

「ほう、そこまで知っておったのか。ならば話は早い。鶴を殺したのはお前だな」

「何だと」

鬼頭の顔が、瞬く間に変わった。

「証拠はあがっているぞ。おぬしが射た矢は、俺のもとにある」

「ふざけたことを……鶴は与吉がやったんだ。証言した者もいる」

「粂吉のことを言っているのか……粂吉を利用し、証言させた後に殺したのも貴様だな」

「知らん」

「知らぬ筈はなかろう……鶴が何者かによって矢で射られたことも、粂吉が与吉がやったと証言したことも、寺沢家以外の者は知らぬということになっている。鳥見役に知れれば厄介なことになるからな。それを、おぬしは知っているではないか。見てきたようにだ。なぜだ」

「……」

「おぬしが、それらに手を下した張本人だからだ。粂吉の死体が訴えていたぞ。おぬしに手で首を絞められて殺されたのだと」

「知らんな……」

「殺されてから川に投げ込まれたのだ。酔っ払って落ちたのではないのだと叫んでいた……」

「黙れ。それ以上申すと、斬る」

「待て待て、肝心なことを忘れておった。それもこれも、お梶に唆《そそのか》されてやったのであろう……家禄五十俵では冷や飯食い、与吉が死んだ後、寺沢家の養子に入る約束でもできているのではないのかな」

「言わせておけば……」

刀を抜く鬼頭。

「まだある。お梶との不義密通《ふぎみっつう》、それもこの目で確認しておる。立場茶屋の二階が密会の場所とは、恐れ入った話だな。お梶は、おぬしの子まで宿していると聞く」

「死ね」

鬼頭が飛びかかってきた。

十四郎は素早く身を反らして躱《かわ》し、河岸に走った。

鬼頭も抜刀したまま、疾走してきた。

河岸に下り立ち、鬼頭を見迎えて立つと同時に、鬼頭が鋭く打ち据えてきた。

二度三度、乾いた金属音が河岸に響き、再び二人が向かい合った時、十四郎の袖が斬れ、鬼頭の左肩に血が滲んでいた。

「おぬしの剣では俺には勝てぬぞ。先ほどはわざと急所を外したが、鬼頭、刀を引いて自訴《じそ》するんだ」

「うるさい」

鬼頭は、上段に構えて立った。

十四郎は峰に返して、下段に刀を落としたまま、睨み据えた。

殺すのは容易だが、それをやっては問題を闇に葬ることになる。

生かして、与吉の無実を証言させなければならなかった。

対峙する二人の耳に、さらさらと枯れすすきが風に揺れる音が聞こえてきた。

「オーイエホーイのホイ」

風に乗って渡しの船頭の掛合いの声が聞こえてきた時、鬼頭が飛んだ。捨て身で十四郎の頭上に落ちてきた。

十四郎は踏み込んでこれを受け、流れる刀で鬼頭の刀を暮れなずむ空に飛ばした。

「そこまでだ」

声をあげて走ってきた武家がいる。

鳥見方組頭の菅野だった。

菅野の後ろから藤七が駆けてきた。

「仔細は慶光寺の寺宿橘屋の番頭、藤七から聞いた。鬼頭、鶴を射た矢は俺が預かっているぞ。神妙に致せ」

菅野は、走り込んでくると、鬼頭に言い渡した。

「菅野様、こ奴らの言うことは、作り話ですぞ」

「見苦しいぞ、鬼頭。申し開きはお代官の前で致せ。こちらとしても、お前の行状、何も知らなかったと思ってか。ひそかにお前の行いを洗っていたところであった」

鬼頭は、がっくりと膝を落とした。

「塙殿、造作をかけたようだが、この通りだ」

菅野が十四郎に歩み寄ろうとしたその時、膝をついていた鬼頭が、いきなり小刀を抜いて菅野に襲いかかった。

「危ない」

十四郎の刀が一閃ひらめいた時、鬼頭が鈍い音を立て、菅野を見据えたまま、崩れ落ちた。

「おろかな奴……」

菅野は、鬼頭の頸部に手を当てると、息の切れたのを確かめて、

「後はわれらにお任せ願いたい」

きっぱりと、十四郎に言った。


菅野が橘屋を訪ねてきたのは、四、五日後のことだった。

鶴事件の裁決を橘屋に知らせるために出向いてきたのは言うまでもない。

客座敷に座るなり、菅野は、お登勢と十四郎に与吉の無実が証明されたことをまず告げた。

「鬼頭家は取り潰しになりました。御留場を見回る役人が鶴を矢で射て死に至らしめた。役人として由々《ゆゆ》しき行いだと、それが罪状です」

実際、近年は鶴や鷺《さぎ》や雁《かり》などという珍重《ちんちょう》されるべき水鳥が、役人や触次名主の目を盗んで捕獲され、あるいは殺される事件が多発している。

特に鶴は、延命を願う者にとっては、朝鮮人参にもまして珍重されている節があり、大枚をはたいても、ひそかに鶴を捕獲してほしいと猟師に頼む者さえ現れる始末。鳥見方の見回りも年々厳しくなっているのだと菅野は言った。

「すると、殺された粂吉が、母親のために鶴の血を欲しいと言ったのも、そうい

った話を捉えてのことだったのかもしれませぬな」

十四郎は、死臭につつまれた粂吉の母の姿を思い出していた。

「闇で売られているのですよ、水鳥が……。それに、密かに珍品として贈答に使われているやに聞きます。粂吉は撒き餌を手伝っていた男です。与吉さえうんと言ってくれればという気持ちがあったのでしょう……塙殿、粂吉が証言したのも、与吉を犯人に仕立てあげることができたら、その暁には、鶴の血をやってもいいと、どうやら鬼頭から言われていたようです。これはお梶が白状しました」

十四郎は頷いた。予測していたことだった。

「お梶さんはどうなりました……与吉さんとのことは、いかが決着したのでしょうか」

お登勢が聞いた。

「それだが」

菅野は、改めてお登勢を見た。

「お梶は、鬼頭の死を知って、自身も死のうとしたのです」

「……」

「だが、それを止めたのが与吉でした」

「与吉さんが……」

「はい。与吉はお梶の腹の子は、私の子だと、そう言ったのですよ」

「与吉さんは、お梶さんに自害を勧められたと聞いておりますが、その与吉さんがお梶さんを庇《かば》ったのですか……」

「庇ったのです。与吉は私にこう言ったのです。鶴が可愛いばかりに女房殿をおろそかにしてきました。女房殿が私を嫌いになったのも頷けます、と……」

「まあ……」

「朴訥なあの男が、ひとことひとこと、嚙みしめるように訴えました。寺沢家にお咎めのないように、触次名主として今後も御留場の鳥獣の保護をさせてやってほしいと……これには、傍で聞いていた庄五郎もさすがに胸打たれたようでございました。庄五郎は即刻隠居を願い出ました。後は与吉に頼みたいと……」

「では、与吉は寺沢家の当主になった……」

「はい。こちらと致しましても、お梶と鬼頭との不義については、詮索の余地はございません。与吉が否定した訳ですからな。しかし御留場で鬼頭がお梶の口車《くちぐるま》にのって鶴を矢で射たことは、お梶も弁解の余地がありません。我らはお梶になんらかの制裁を科すつもりでございましたが、早々に庄五郎が隠居願いを申し出たことで、与吉が跡をとるならと承知した訳です。なにしろ、与吉が管理していた庄五郎差配《さはい》の御留場の水鳥は、他の御留場には見られないほど鳥の成育の状態が良いのです。それで、実際に手を下した鬼頭は死んでしまったこともあり、後を与吉に任せることにしたのです」

「かたじけない。恩に着ます」

十四郎は一礼した。実際、菅野のような人物がいなければ、今度のような結果にはならなかったろうという気がしていた。

「いえ、礼を申し上げるのはこちらです。鬼頭の行動には目に余るものがござった。大事になれば、われら鳥見方の身も危うかったのでござるよ」

「今度こそ、与吉さんも幸せになっていただかないと……」

「今頃は、御留場に立って、撒き餌をしているのではないかな」

菅野は、遠くを見るような顔をした。

十四郎も、寥々とした湿地帯で、撒き餌をする与吉の姿を瞼《まぶた》に見ていた。

「それはそうと、あの佐太郎とかいう男、おもしろい男だな。まあ、あの男がいる限り与吉も心強いことだろう。塙殿によしなにというようなことを申しておったが、よほど貴公には心酔したらしい」

思い出したように言い、笑みを浮かべて立ち上がった。

菅野は、橋屋の玄関に下り立った時、

「ああ、そうだ」

振り返ると、

「お梶は心労がたたったのか、流産したようですぞ。いや、体の方は大事ないと、これはお医師の言葉だが、与吉も苦労なことだ」

思い出したように言った。

菅野が玄関の戸を開けた時、外に白いものが散るのが見えた。

「雪ですね」

お登勢が言った。

「うむ……」

十四郎は、風に雪散る御留場に思いを馳せた。

そこには、蓑を着けた与吉が、黙々と餌を撒いていた。

第四話　寒　梅

一

「お辰《たつ》、おめえは、俺を騙したのか」

留次《とめじ》は盃を持ったまま、掬い上げるような目でお辰を睨んだ。

三好町《みよしちょう》の飲み屋『喜《き》の屋』の土間は、そろそろ満席になろうかという刻限で、留次は周囲の客に悟られぬよう押し殺した声を上げたが、ふいを食らった戸惑いと驚きが、隣の飯台《はんだい》から横目で見ている十四郎にも、手に取るように分かった。

留次の女房、お栄《えい》が橘屋に駆け込んできて四、五日になる。

お栄の言葉を借りれば、真面目で仕事一筋だった桶職人の留次が、喜の屋のお辰目当てに通い出して一月になる。

仕事も女房もうっちゃって、女に入れあげた亭主に我慢がならないとお栄は言うのだが、その実、お栄は見せしめに駆け込んできた感がある。本気で別れようとする気配が薄いのだ。

お栄は年上の女房だった。留次さえ心を入れ替えてくれれば、一緒にいたいという気持ちはまだ十分にあった。

そこで十四郎が、留次が入れあげたというお辰に直接会って、これこれこういう事情だから、夫婦がもとの鞘《さや》におさまるように協力してくれないかと頼んだところ、お辰は二つ返事で引き受けてくれたのである。

お辰は色白で唇がぽってりと厚い、一見男の気をそそる女であった。

酌婦をしている手前、その色香で男の気を惹く言動はするが、留次と深い関係がある訳じゃない、お安いご用だと約束してくれたのである。

留次は毎日、黄昏時になると店に現れ、ちびりちびりとやりながら、店が暖簾《のれん》を下ろすまで居座っているのだと、お辰は言った。

そこで十四郎は、夕刻近くになって店にやってきたのだが、隅の飯台に座ってまもなく、留次が現れた。

留次も、もう一方の隅に陣取ったが、お辰が酒を運んできてまもなく、ふた言三言お辰と言葉を交わしたところで、留次はお辰に冷たくあしらわれたようだった。

留次は盃を伏せると、お辰の手首を摑んでいた。顔には怒りが表れていた。丸顔の中に鎮座している団子鼻がひくひくと動いていた。

「ここではなんだ。表に出てくれ」

「何するんだよ」

お辰は留次の手を邪険に振り払った。そして、見下ろしたまま言った。

「ちびちび飲んで長居されたんじゃあ、こっちも商売にならないんだから、とっとと帰って女房の傍で飲んどくれ」

お辰の声に周りの客が顔を上げ、一斉に二人を見た。

だがすぐに、冷ややかな笑いを二人に送ると、客たちはまたもとに目を戻した。こういった店のどこにでもある光景に、さして興味もないようだったが、笑いの中には留次への侮蔑のいろがありありと見えた。

留次は、自分が笑われている、馬鹿にされたと知って、一気に頭に血が上ったようだった。

「許せねえ」

うなるような声を上げると、踵を返そうとしたお辰の肩を摑んで、表の障子に手をかけた。

「止めとくれ、放しなさいよ」

お辰はもがくが、留次は人の目などもはや気にするどころか、自分を裏切った女に制裁の一つも加えようという態度である。

――いかんな。

十四郎がおもむろに立ち上がった時、表の戸が開いて、総髪の浪人が入ってきた。

いきなり目の前でもつれ合う二人を見た浪人は、すかさず、留次の腕をねじ上げて、表にほうり出した。

「鉄《てつ》さん……」

お辰は潤んだ目で、男を見迎えた。

男は、眦《まなじり》の切れ上がった精悍な顔をお辰に向けると、平然と中に入ってきて、先ほどまで留次が座っていた席に着いた。

いそいそと男に礼を述べ、注文を聞いているお辰を見て、浪人は明らかにお辰の情夫《いろ》だと、十四郎は瞬時に悟った。

お辰がこちらをちらと向き、十四郎に頷いてきたのを潮に、十四郎は酒代を台の上に置き、表に出た。

突然冷たい夜気に襲われたと思ったら、霙《みぞれ》が降っていた。

留次は、のろのろと起き上がるところであった。

「留次」

十四郎が手を伸ばすと、留次はびっくりした顔を上げた。

「塙の旦那……」

「お前も、いい年をして、目が覚めただろう。これで、お辰がお前のことをどんなふうに思っていたのか、分かったな」

「旦那……」

留次は急に泣き出した。その肩に容赦なく霙が落ちてくる。

「お辰が悪い訳ではないぞ。お辰が客に愛想を振りまくのは商売だ。お前が、勝手に思い込んでいただけだ」

「こんなに優しい女はいないと、そう思ってたのによ」

「馬鹿……それを言うならお栄だろう。お前が、小さくても桶屋の店を持てたのは誰のお陰だ、お栄じゃないか。お栄がそれまで女手一つで貯めてきた金を、お前を見込んで吐き出したんじゃないか。それもこれも忘れてしまって、よその女に血道を上げるとは、誰が見たってお前の方に非があるぞ……明日、橋屋を訪ねて、お栄に謝れ。謝ってやりなおすのだ」

「旦那……しかし、もうお栄は……」

「お栄はな、お前に反省してほしいがために、寺に駆け込んだのだ」

　横手から声がした。傘を差した金五が現れた。

「金五」

「諏訪町に帰る途中だ」

　金五は半年前に、諏訪町に一刀流《いっとうりゅう》の道場を持つ千草という女剣士と所帯を持った。それまで金五は、寺務所の役宅で起居《ききょ》していたが、一緒になってからは時々女房の道場に帰っている。

　三好町は諏訪町の隣町、留次のことが気になって、喜の屋に立ち寄ったようだった。

　留次は、突然十四郎が現れたと思ったら、今度は金五まで現れて、目を白黒させていた。

「留次、お前のことを案じているのだ、俺も、近藤殿も……むろん、お登勢殿だってそうだ……お栄とよりを戻せ、今なら間に合う」

「旦那……」

「もう一度言う。明日、橘屋に出向いてお栄に謝るのだ。いいな」

十四郎はうなだれている留次の顔を、覗きこむようにして言った。

留次は、こくりと頷いた。

ばつのわるそうな表情だったが、迷い道から引き返す決心をしたのは間違いなかった。

先ほどまで狐に憑《つ》かれたように、ぎらぎらしていた留次の顔が、犬が水をかぶったような覚めた表情になっていた。


とはいえ、一度お辰に狂った留次が、本当にお栄を迎えに橘屋に今朝向かったのかどうか、十四郎はそれを確かめるために昼近くになって家を出た。

昨夜の霙はその後止んだが、今朝方になって雪になっていた。

隅田川両岸は白く包まれ始めていたが、道筋には濡れた土が黒々と光っていた。

十四郎は、お登勢から頼まれていた南新堀町《みなみしんぼりちょう》の酒問屋に立ち寄らなければならず、薬研堀《やげんぼり》に出て、そこから川下に向かった。

元柳橋《もとやなぎ》を渡ると、ずっと武家屋敷が続いている。いずれの屋敷の前も、足軽《あしがる》や中間たちが蓑を被って雪かきに精を出していて、あちらこちらに雪の塊が積み上げられていた。

門前や塀際に雪だるまをつくって破れ笠を被せている者もいて、江戸勤番の藩士たちの遊び心を見たような気がして、思わず十四郎はほほ笑んだ。

転じて大川に目を向けると、薪《まき》や柴《しば》を積んだ舟が特に目立った。箱崎《はこざき》橋に着くまでに、十四郎は幾隻もの柴舟が、ちらちらと散る雪の中を静かに下っていくのを見た。

酒問屋の用件を済ませて永代橋にかかる頃には、雪は本格的に降り出していた。十四郎は足をとられないように、下駄の歯を踏み締め踏み締め、橋を渡った。

渡り始めてすぐに、橋の中ほどに朱の傘を差して立っている女に気づき、十四郎は思わず足を止めた。

――噂の女か……。

と思った。なぜか十四郎の胸が騒いだ。

白く覆われた橋の上に朱の傘を差してひっそりと立つ女……顔は定かではなかったが、紅碧《べにみどり》の小袖がしっとりと女の体を包んでいて、遠目にも凛《りん》とした、それでいて儚げな色香が漂ってくるような女の立ち姿であった。

噂の女とは、近頃三ツ屋の女中たちが囁き合っている女のことで、十四郎がその話を聞いたのはつい先日のことである。

お松の話によれば、この半年近く月に数度、永代橋に佇む女で、一刻ほど遠くの沖をながめて後、肩を落として帰っていくのだというのであった。

三ツ屋は永代橋の近くにある。寂しげな女の立ち姿に、三ツ屋の女たちは興味津々《しんしん》のようだった。

中には、わざと用足しのふりをして、その女を確かめに行った女中もいるらしい。見聞の結果は、女は武家の娘で想像通りの美形だったと言ったことから、いっそう女中たちの想像を逞しくしてしまったようだった。

――まさか噂の女にめぐり逢うとは……。

十四郎はゆっくり歩を進めた。目の前に女の姿が近づくにつれ、雪中に伸ばした枝に咲く一輪の寒椿のような女だと思った。

散る雪の中で、女は遠くを見詰めて、じっと立っていた。

十四郎が橋半ばにさしかかった時だった。

俄かに立った川風に、朱の傘をふわりと飛ばすように手放すと、女はゆらりと欄干に寄った。青白い顔に後れ毛を靡《なび》かせて、女は冷たく渦巻く橋の下をじっと見た。

——危ない。

十四郎は、走り寄って、身を乗り出そうとした女の体を抱き留めた。

「何をするのだ」

「お放し下さいませ。後生《ごしよう》ですから、死なせて下さいませ」

女は十四郎の腕の中で身をよじったが、まもなく諦めて力を落とし、袖で顔を覆って立ち竦んだ。

「どんな事情があるのか存ぜぬが、見て見ぬふりはできぬ。俺は縁切り寺の御用宿橘屋に雇われている塙十四郎という。一緒に参らぬか。何、そこの橋袂に水茶屋があるが、そちらに参るところであった」

「………」

「見知らぬ者が何を言うかと、そなたは思っておられるのかもしれぬ。だが、俺でなくとも、そなたを見過ごして通ることはできぬのではないかな。若い身空《みそら》で、身を投げようとしているそなたを見捨てて、黙っては行けぬ」

傍にあった傘を拾って差しかけた。

女はすばやく涙を拭うと、

「お見苦しいところを……お恥ずかしゅうございます」

顔を上げた。

細面の顔に瞳が黒々として、小さく整った花のような唇が震えていた。

十四郎は目が合った瞬間、驚愕した。あまりにも許嫁《いいなずけ》だった雪乃《ゆきの》の面差《おもざ》しに似ていたからである。

夫婦となる約束をしていたにもかかわらず、藩が潰れて別れ別れになった雪乃。その雪乃と再会した時には、雪乃は人の妻になっていて子まで成していた。しかもその時、雪乃は敵持ちの夫との貧しい暮らしを支えるために、体まで売っていた。

十四郎は胸裂かれる思いで、雪乃の夫の敵討ちに加勢した。雪乃を闇の中から救いたかったからである。だが敵討ちを果たした時、雪乃は再び十四郎の前から消えた。

雪乃は自害したのである。永遠に十四郎の前から姿を消したのであった。

あれから一年近くになるが、男に体を提供していたことが十四郎に知れたことで、雪乃は自害したのではないかと思う時がある。

忘れようとしていた女……その女によく似た白い顔が、哀しみを湛《たた》えた目で十四郎を見詰めていた。

十四郎の鼓動は、人に知れるのではないかと思われるほど激しく打った。

「参られよ。さあ……」

努めて沈着な物言いで、十四郎は促した。

二

「お手数をおかけ致しまして申し訳ございません。私の名は野江《のえ》……岩井《いわい》野江と申します」

女は、重たい口を開いて、慎ましやかに手をついた。

三ツ屋に野江を誘い入れた時、働いている女たちから、少なからず動揺した囁きの声が漏れた。

橋の上で十四郎が野江を抱き留めて助けたことを、三ツ屋から見ていた女たちがいて、野江は好奇の目で三ツ屋に迎え入れられたのである。

それを知ってか知らずか、野江は、十四郎の後について二階の小座敷に上がったものの、固く膝を寄せたまま、暫《しばら》く黙って座り続けていたのである。

だが、お松が、茶や菓子を運んできて、

「お着物は濡れてはおりませんか。すぐに暖かくなりますから」

などと部屋の火鉢の火を熾したりして、さりげない心配りをしたことで、野江の気持ちは幾分ほぐれてきたようだった。

まもなく野江は決心を固めたらしく、ようやく十四郎に名を名乗ったのである。ついた手を膝に戻し、顔を上げたその時には、ひたとした目を十四郎に向けてきた。

しかしそれまでにも、野江は何度も小さな咳を繰り返し、十四郎は野江が体を病んでいるのを知った。

十四郎は野江が名乗ったのを受けて、もう一度自身の名を名乗り、三ツ屋の店の成り立ちも告げ、野江の不安を取り除くよう腐心した。

「ここは気兼ねのいらぬところだ。話してみないか。力になれるやもしれぬ」

十四郎は、野江の顔を見詰めて言った。

野江は弱々しい微笑を浮かべ、

「人を待っておりました……でも、もうあきらめる他ないと存じまして……」

「それで、死のうとされたと申されるのか」

「はい……」

「無茶なことを……して、待っていた人とはどなたでござる」

野江は、言いあぐねて息を殺した。だが思い切ったように、

「将来を約束していたお方でございます」

「そうか、許婚のお方を」

「はい」

遠慮がちな声だった。

十四郎の胸を、なぜか寂しい風が通り過ぎたようだった。

「そのお方の名は、江口鉄之助《えぐちてつのすけ》様と申します」

切ない声で野江は告げた。

「江口鉄之助」

「はい。ご浪人でございます」

野江は、自分も浪人岩井市左衛門《いちざえもん》の娘だと言った。

住まいは堀江町《ほりえちよう》の裏長屋で、鉄之助も同じ裏長屋に住んでいた。

なにかと言葉を交わしているうちに、野江と鉄之助は互いに惹かれるようにな

り、それに気づいた父の市左衛門が仲立ちして、二人は婚約をしたのだという。

それからまもなくのことだった。

鉄之助は、陸奥《むつ》国山崎《やまざき》藩に仕官が叶うかもしれないと、野江の父に報告に来た。話を持ちかけてくれたのは、廻船《かいせん》問屋の『尾州《びしゅう》屋』だということだった。

ただ尾州屋は、仕官の条件として、西国肥後《ひご》に出向いて御用を一つ勤め上げてほしいのだと……それを成して初めて仕官が叶うのだと言ったという。

訝《いぶか》しい話だと考えた市左衛門は、よくよくその御用の中身を聞いた後に心を決められた方がよろしかろうと鉄之助に助言した。

だが鉄之助は尾州屋の用向きは秘中の秘だと言われている、自分も中身についてはまだ明かされていないのだと言い、しかしそれでも、野江殿を幸せにするために仕官したいのだと市左衛門を説得した。

出立は一昨年の晩秋だった。帰省は昨年の春の予定だということだったが、夏になっても鉄之助は帰ってこなかったのである。

市左衛門は不審に思って尾州屋を訪ねたが、尾州屋は、江口様は行方知れずになられました、と言うばかり。

その後も何度か市左衛門は尾州屋を訪ねたらしいが、そのうちに邪険に扱われるようになり、市左衛門は尾州屋への怒りを抱いたまま、病の床についた。

野江は父親の薬代を稼ぐために仕立物の内職をし、足りない分は質屋で借りた。借金は父親が亡くなった時、七両にもなっていた。

永代橋に立つようになったのは、昨年の夏、父親が亡くなってからだと言った。

「永代橋からは、江戸湾に入ってきた船が見えます。いずれかの船に、もしや江口様が乗っておられるのかもしれない……淡い望みを捨て切れずに、そうせずにはいられなかったのでございます」

「そういうことなら、今暫く待っていてもよいのではないかな」

「でも……実はわたくし、奉公に出るように勧められまして、それを承諾しておりました。質屋さんに七両のお金を返すためには、他には方法がなかったのでございます。その奉公も、今日か明日かとせっつかれておりましたので……」

野江は、また、咳をした。

「しかし、そなたは病持ちではないか。そんな体で奉公は叶うまい。いずれに奉公するのかしらぬが、今少し待ってもらうわけにはいかぬのか」

「……」

「質屋の名は、何と言う」

「……」

「野江殿」

「富沢町《とみざわちょう》の『黒木屋《くろき》』さんです」

「よし。七両については俺が談判してみよう。それとその体だが、お医者に診てもらっているのかな」

「いえ……風邪をこじらせただけですから」

「いかんいかん、俺の知り合いを訪ねるがよい。そうだ」

十四郎は部屋を出ると、お松を呼んだ。

「お松、俺はこれから橋屋に出向かねばならぬ。すまぬが誰かに頼んで、野江殿を柳庵先生のところまで案内してくれぬか。薬礼は俺が払うと、柳庵殿にはそう伝えてくれ」

「承知致しました。お任せ下さいませ」

お松は、胸を叩いて頷いた。

「留次さん。重ねてお聞きしておきますが、二度とこんな真似はしないと約束してくれますね」

お登勢は、駆けつけた十四郎にちらと視線を走らせると、お栄の傍に膝小僧を揃えて神妙に座っている留次に念を押した。

金五も来ていて、むろん藤七も控えており、十四郎は静かに金五の傍に座った。

「おい。噂の女を助けたそうじゃないか」

金五が早速、耳打ちしてきた。

「美しい人らしいな。俺も一度お目にかかりたいものだ。それにしても、お前のやることは素早い」

「馬鹿なことを申すな」

「むきになってる」

「冗談ではすまぬ事情をかかえているのだ」

小声で制し、十四郎は咳払いをしてみせた。ここまでもう、話が届いているのかと驚いた。

「旦那、ゆんべは申し訳ありやせんでした。あっしもよくよくあれから考えまして、年上で皺が少々目立ちますが、お栄ほどの女はいないと、そう思いやして、先ほどからお登勢様や近藤様に詫びを入れているところでございやす」

留次は、十四郎の咳払いに気づくと、こちらを向いて、お栄とやり直すのだと言った。

お栄は留次より五つほど年上の女房だ。だが留次が、そんな話をするのをじっと見詰めているお栄の姿は、妙に新鮮に映って見えた。

「お栄、留次が無茶をした時には、いつでも橘屋に参るがよいぞ。俺も金五も、また留次が同じような間違いをしでかした時には、今度こそ、留次の腕一本足一本、へし折ってやるぞ」

「旦那、恐ろしいこと、おっしゃらないで下さいまし」

留次が目を丸くして、頭を掻いた。

「留次さんが目を覚ましてくれたのは、お登勢様はじめ皆様のお陰です。本当にありがとうございました」

黙って聞いていたお栄が、嬉しそうな顔を向けた。

「そうと決まったら、帰った、帰った」

金五に急かされて、二人は仲良く並んでもう一度頭を下げると、駆け込んできたなどということは嘘だったように、肩を並べて帰っていった。

「まったく、ここは、仲裁屋じゃないぞ」

金五がぼやいてみせる。だがそういう金五も、二人がよりを戻して帰っていく姿を見るのは晴れ晴れとするらしい。言葉とは裏腹に、顔には笑みが零《こぼ》れるのであった。

「おい、それはそうと、十四郎、さっきの話、永代橋の女の話を聞かせてくれ」

にやりとして言った。

「金五……」

勘違いするのは止めてくれと言いたい言葉を呑み込んで、十四郎は掻い摘んで野江の話をして聞かせた。

「尾州屋というのは、間違いないのか」

金五は厳しい顔を向けてきた。

「何か知っているのか、おぬし」

「詳しいことは知らぬが、とかくの噂のある商人だ」

「とかくの噂……」

「抜け荷だ」

「抜け荷」

「三年ほど前だったか、松波さんから聞いた。尾州屋の表看板は廻船問屋だが、身代《しんだい》は抜け荷で持っているらしいとな」

「そうか……」

「深入りはするな。危険だ。縁切りに関わる話ではないのだからな」

「うむ……」

十四郎は頷いたものの、胸の中ではそうそう断ち切れない思いがあった。

お登勢はそれに気づいたようで、

「十四郎様。その、野江様とかおっしゃるお方、この先どうなさるのでございましょうか」

と気遣わしげな顔を向けた。

三

雪が解けた日の昼下がり、十四郎は小網町《こあみちょう》の廻船問屋尾州屋の前に立っていた。

小網町は江戸開闢《かいびゃく》当時は漁師町だった所である。だが今は、諸国物産問屋や廻船問屋が軒を並べる商人の町となっていた。

尾州屋は小網町のほぼ中ほどに店を構えていて、表には『廻船問屋』と並んで

『物産問屋』の看板も掲げ、更に誇らしげに『諸藩御用達』の立て看板も掲げてあり、ご丁寧にもその看板の下方には、諸藩の藩名を山崎藩、戸田《とだ》藩などと連ねてあった。

――山崎藩……。

鉄之助が仕官する筈だった藩の名があった。

店の表を抜ける大通りを隔てた川沿いには商人の蔵が並び、伝馬船《てんません》が次々と到着し、人足たちが蔵に荷物を担ぎ込んでいるかと思えば、一方では、店の蔵から出してきた荷を大通りに並べてある荷車に積む人足もいる。

どうやら尾州屋は、自ら所有する廻船で諸国から品々を集め、物産問屋としても相当な商いをしているようだった。

荷揚げし、あるいは出荷する品はことごとく菰に包まれていて、中身は定かではない。だが、おびただしい荷の数は壮観で、店の盛運が見てとれた。

十四郎は、表で出荷の勘定をしていた店の男に、主に会いたいと申し入れた。その時に、ぜひにも話したい内密の用事で参ったのだと付け加えた。

江口鉄之助の名は伏せた。門前払いを食うのを回避したかったからである。

はたして、すぐに店の奥に案内された。

さして待つ間もなく、忙しそうな足音を立てて、骨太の背の高い男が入ってきた。

「私が尾州屋総五郎《そうごろう》でございますが……」

男は座るとすぐに慇懃《いんぎん》に名を名乗ったが、頭を上げると、

「はて、あなた様には初めてお目にかかるようですが、どこかでお目にかかりましたでしょうか」

太い眉、目の縁もくっきりとした鷲鼻の男が、訝しげな顔を向けた。

「俺は塙十四郎と申す者だが、江口鉄之助について尋ねたい」

告げるまもなく、総五郎の顔色が変わった。

「内密の話などと……お武家様、私を騙したのでございますね」

「騙してはおらぬ。内密の話には違いはないのだ。俺は野江殿という江口殿の許嫁から話を聞いて参ったのだが、隠さず教えてくれればすぐに引き揚げる」

「塙様、その話でございましたら、野江様にお話ししている通りでございますよ。それ以上、何もお話しすることはございません。こちらが知りたいぐらいでございます」

「ふむ。では一つ聞くが、江口殿は、どのような仕事をするために、どちらに参

られたのだ。野江殿は西国肥後で御用を務めるとしか聞いてはおらぬと言ってい
たが……」
「塙様。私はさる藩のお方に、江口様を肥後国の湊《みなと》にお送りするように申しつ
かっただけでございますよ。一昨年の秋も深い頃でございました。お帰りは弥生《やよい》
三月、肥後からの帰りの船に乗られるという約束でございました。ところが、湊
に現れなかったのでございますよ。それを、私どものせいにされてはたまりませ
んな」
「ほう……しかし、表の立て看板にもあった陸奥の山崎藩に仕官が叶うのだと言
っておったそうだぞ、江口殿は」
「また、誰がそのような嘘っぱちをおっしゃるのでございましょうか……野江様
ですか」
「そうだ」
十四郎が答えると、総五郎は呆れた顔をしてみせた。大きな溜め息をついてみ
せると、冷ややかな目で言い捨てた。
「まったく、ご浪人様のお嬢様などという者は、世の道理を知りませんな。あれ
ほど何かとお世話してさしあげましたものを、呆れてものが言えませんよ」

「何を世話したと申すのだ」

「お父上のご病気で、黒木屋さんに多額の借金があるとお聞きしましたので、妾奉公《めかけぼうこう》をお世話してさしあげたのでございますよ」

「何、妾奉公だと」

「おや、お聞きになっていらっしゃらないのでございますか。恩を仇《あだ》で返すとは、あちらでございますよ」

「尾州屋」

「はい」

「二度とそういう忌《い》まわしい話を野江殿にするな。俺が許さん」

「だったら、黒木屋さんに借金を返されたらよろしいではありませんか。こちらはとんだとばっちりでございますよ。その上、このように、あなた様のような方に乱暴に押しかけて参られたらたまりません。ええ、承知しましたとも。お世話をしてさしあげたのが余計なことだとおっしゃるのなら、私はもう関知しません。野江様のお父上もそうでございましたが、なんだかんだとうるさい人たちですから、ついー肌脱いでさしあげただけでございますよ。今日を境に、あなた様も、むろん野江様も、私どもの店にはおいでにはならないように願います」

尾州屋は、懐から懐紙を引き抜くと、それに二分金を包んで十四郎の膝前に置いた。

「何だこれは」

「お使い賃でございます」

掬い上げるように見た尾州屋の目に、侮蔑の笑みがあった。

「尾州屋、浪人だと思って愚弄すると後で痛い目に遭うぞ」

十四郎は厳しい目で見据えると、廊下に出た。

「お帰りですよ」

後ろで総五郎の、忌み人でも追い出すような声がした。

振り返って、睨《ね》めつけると、

「痛い目に遭うのはあなた様でございますよ、塙様」

凝然と見詰めてきた。

――野江殿は、妾奉公を勧められていたのか。

追い出されるようにして外に出て、十四郎は尾州屋を振り返った。

野江は、許婚は行方知れずのまま、父までも失った。その上妾奉公を強要されて、生きていく希望を失ったに違いない。

心も体もむしばまれた野江の境遇を知り、十四郎は胸が痛んだ。

雪乃もそうだったが、野江も、よほど運に見放されたらしい。

──なんとかしてやれぬものか。

深みにはまっていく危険を感じながらも、尾州屋に会ったことで一層その思いは強くなっていた。

ただ、十四郎は橘屋の雇われ人である。縁切りに関わる女の仕事ならともかく、こたびのような話に首をつっこむことは、止したほうがいいに決まっている。

江口鉄之助の消息の詮索など止めにして、野江の借金を返してやり、野江の病気が治るよう手助けをしてやれば、それで終わりになるではないかと考える。

だがそういう気持ちの一方で、江口という男の消息を摑んでこそ、野江は自身の気持ちに決着をつけられる。江口の一件をないがしろにしたままでは、野江は先には進めまいと思うのであった。

──とはいえ、第一は野江殿の体だ。

十四郎は尾州屋を後にすると、小網町からまっすぐ柳庵の診療所に足を向けた。

「十四郎様、まあ、そこにお座りになって下さいませ」

柳庵は患者が途絶えたのを見計らって、十四郎を呼び入れた。

「野江殿は福助に長屋まで送らせました」

柳庵は十四郎が診察室に入るとすぐに告げた。

「そうか、造作をかけたな」

「いえ、そんなことはよろしいのですが、野江殿の病気、私が診たところでは、労咳《ろうがい》のように思われます」

「労咳、そうか……」

「でも、ほんの初期。心身に宿っている害を取り除き養生すれば、良くなるのではないかと思いました」

「良くなるのか」

「ただし、今のような状態が続けば早晩、病気は重くなると診ました」

「うむ。実はな……」

十四郎は柳庵に、野江が背負っている事情を説明し、事の真相を解明しなければ、野江の心は晴れぬのだと言った。

「妾奉公などもっての外《ほか》でございますよ、十四郎様。そんなことをすれば、すぐに命を失うことになりますね。労咳の初期とはいえ油断は禁物、いつ、なんどき、病気は悪化するかもしれないのですから。医者の私が言うのもなんですが、病は気からという諺《ことわざ》もございます。野江殿には、心の傷をひとつひとつ取り除いてさしあげる事が肝心です」

「うむ。せめて、許婚であった人の消息が摑めれば、野江殿も気持ちを切り替えることができるのではと、俺は考えているのだが……」

「十四郎様」

じっと話を聞いていた柳庵が、ふと、思い出したように顔を向けた。

「その、野江殿の許婚、江口様ですが、肥後に参られたというのは間違いございませんね」

「おそらく……これは、江口殿が旅に出る前に野江殿親子に告げていたようだし、尾州屋の口からも聞いておる」

「で、何かは知らないけれど、一つお仕事を片づければ山崎藩に仕官できるのだと」

「そうだ」

柳庵は、切れ長の妖艶な目を十四郎に送ると、見詰めたまま瞬いた。思案を巡らしている顔だった。

「柳庵、なんだ」

「いえね、私が申し上げますことは偶然の一致かもしれません。関係ない話かもしれないのですが……」

「かまわん。話してくれ」

「十四郎様は『肥後菖蒲《しようぶ》』の話を聞いたことがございますか」

「肥後菖蒲……知らんな。五月の節句の時に使う菖蒲のことか」

「いえいえ、同じ菖蒲でも、こちらは花菖蒲のことです」

「花菖蒲……」

「はい。肥後には上様がお名をつけられた『肥後菖蒲』なる珍重な花菖蒲があるということですが、門外不出の菖蒲です。先頃有名になった『伊勢《いせ》菖蒲』に張り合って、品種改良された菖蒲ですが、色艶もさることながら、花弁は天鵞絨《ビロード》のごとく柔らかにして厚く、しかも襞《ひだ》が多くて気品溢れる花菖蒲だと聞いております」

柳庵の話によれば、毎年六月に城中では花菖蒲の展覧会が行われる。将軍家斉《いえなり》が特別に花菖蒲にご執心のことから、数年前から始まった展覧会だが、年を追うごとに各藩の競争が激しくなっている。

展覧会で一番の御墨付きを頂けば、将軍の覚えもめでたく、江戸城修復工事の御役御免や拠出金の軽減など優遇甚だしく、たかが花菖蒲の展覧会などと笑えなくなってきている。

昨年の六月にも、例年通り花菖蒲の展覧会が行われたが、一躍、山崎藩出品の花菖蒲が注目を浴び、上様からお褒めの言葉を頂いたばかりか、刀一振《ふり》と隣接する幕領のうちの二十か村五千石を賜ったというのである。

「山崎藩が一番をとった……」

「はい……」

「柳庵、その話、誰から聞いた」

「父上です。展覧会は三日間展示されるようですが、表医師も最終日には拝見できるようです」

「そうか……」

山崎藩は五万石の大名である。五千石の加増がいかに藩にとって大きいものか、知れるというものである。

「肥後菖蒲は門外不出の花菖蒲だと聞いていた父は、一番をとった花が山崎藩から出品されたことに、驚いたようでした」

「門外不出の品とな」

「はい。これは、肥後菖蒲に限らず、他の地の菖蒲もそうですが、改良に改良を重ねて出品している訳ですから、他出することはせっかくの苦労を水の泡にするに等しく、厳しい警護のもとに管理されていると聞いています。肥後菖蒲ならばなおさらでしょう。それが、昨年は遠く離れた陸奥から出品されたというので、皆をあっと言わせた訳です」

「つまり、肥後菖蒲は秘かに盗まれて、陸奥国の山崎藩に渡っていたと、そういうことも考えられると……」

「そうです。むろんのこと山崎藩では、これは肥後菖蒲ではない、陸奥菖蒲だと説明したらしいのですが、見る人が見れば同一のものだと、皆、陰で囁きあったということです」

「野江殿の許婚、江口鉄之助が、肥後菖蒲の流出に一役かっていたのかもしれぬな……」

「はい……」

有り得ない話ではないと、十四郎は思った。

野江や尾州屋の話からも、肥後という国の地名、山崎藩という藩名、偶然かもしれぬが符合する。

しかし仮に、花菖蒲を肥後から盗み出すのが江口への密命だったとしても、花菖蒲は山崎藩の手にとっくに渡っているのに、江口は行方不明だということになる。

「ひょっとして江口というお方は……」

柳庵は厳しい目を向けた。

「うむ……柳庵、お前の話は、おおいに参考になった。ありがとう」

「いやだ、十四郎様。水臭いですよ」

柳庵は袖で口を押さえて、ほほほと笑った。笑うと柳庵の目尻には、数本の皺ができる。

「あら、なに見てらっしゃるのですか」

「いや。お前の目尻に皺がな」

「まあ、いじわるな人ね」

きゅっと睨んだ後、

「私ね、父上には内緒ですが、一度舞台に立ってみたいって、ひそかにお稽古をしているんです。この目尻の皺が深くならないうちにね」

「まあ、無理だろうな。お前もいずれは表医師に召される身だ」

「いいえ、私は終生町医者で行くつもりです。それが性にあってますもの」

柳庵は、艶然とほほ笑んだ。

その時である。

「先生、ただ今、戻りました」

福助が入ってきた。

「これは十四郎様」

福助は一礼を十四郎に送った後、

「先生、待ち合い所に患者が溢れています。十四郎様のご用がお済みになりましたら、お願いします」

急かすように言う。

「やっ、これは長居した」

十四郎は、それで腰を上げ柳庵の診療所を辞した。

四

「十四郎殿。こちらへ」

万寿院は、十四郎を傍近くに膝行《しっこう》させると、春月尼《しゅんげつに》に一幅の掛け軸を床の間にかけさせた。

万寿院とは、先代家治将軍の最後の側室、お万《まん》の方。将軍家治の亡き後は、当時幕閣の長にあった筆頭老中松平定信《まつだいらさだのぶ》の推薦もあり、縁切り寺慶光寺の主となったその人である。

以後、大奥から連れてきた春月尼とともに、慶光寺の方丈《ほうじょう》に起居している。

十四郎の亡き母とも、大奥にあがる前に格別の繋がりがあったことから、万寿院の十四郎への態度には、母のような温かみがあった。

本日拝見となった掛け軸の絵も、肥後菖蒲の掛け軸を万寿院が所蔵していると聞いた十四郎が願い出て叶ったものである。

「これはまた……」

十四郎は凛然として迫ってくる肥後菖蒲の美しさに魅入られた。

掛け軸には、暗緑色の葉が凛として伸びた間に、薄紫と真白い数輪の花菖蒲が、大きくてふくよかな花びらを開いて咲き誇っていた。

気品と華やかさが、競い合うように花開いた菖蒲絵だった。

「上様から先年、賜ったお品です」

万寿院は頬を緩《ゆる》めた。上様とは、現将軍家斉のことである。

「これほどに美しいものだとは……拝見賜りましたこと、お礼申し上げます」

十四郎は、陶然として、万寿院に頭を下げた。

「十四郎殿」

万寿院の優しい声が落ちてきた。

「はい」

「それはそうと、そなた、お登勢と何かありましたか」

心配そうな万寿院の顔が、十四郎を見詰めていた。

「いえ、何も……」

「それならばよいが、お登勢に元気がありません。何か心に屈託《くったく》があるようですが、お登勢はそなたが頼り、よしなに頼みます」

万寿院は思わせぶりな言葉をかけてきた。

十四郎は数日お登勢に会ってはいない。野江のことにかまけていたからである。橘屋からの呼び出しもなかったことから、それをよしとして顔も出さなかったのである。

万寿院のもとを辞し、慶光寺にある鏡池の小道を表門に向かって歩きながら、十四郎はここ数日の野江の様子を思い出していた。

柳庵の診療所を訪ねた帰りに、十四郎は福助から聞いた野江の住まいに寿司折を持参して訪ねてみた。

野江はその時、冷たい薄闇の中で臥せっていた。

野江は火鉢に火も熾さず、行灯に火も入れず、長屋の住人の営みの音を聞きながら、一人寂しく天井を見詰めていた。

十四郎は起き上がった野江を制し、行灯に火を入れて、火鉢の火を熾し、鉄瓶をかけた。

「おやめくださいませ。私、一人でできますから」

野江は恥ずかしさもあったのだろう、十四郎のそれ以上の世話を断った。

灯の光の中に浮かび上がった野江の部屋は、父親の位牌《いはい》ばかりが目立つ侘《わび》しい住まいで、枕元の屛風《びょうぶ》にかけてある野江の小袖だけが、場違いのような艶やかさを放っていた。

十四郎は鉄瓶の湯が沸いたところで、寿司を野江の前に置き、長屋を出た。

以後数日、日に一度は野江の見舞いに立ち寄っている。

そのたびに十四郎は、鰻《うなぎ》であったり、卵であったり、野江の力になるような食物を運んでいた。

野江は、柳庵に診てもらった薬代まで十四郎に払ってもらったことを気にかけていた。その上に、十四郎が毎日見舞いにやってくる。

昨日今日知り合ったばかりの男に、寝姿を見られるのも嫌だったのか、三日目には床上げをして座っていた。

「柳庵先生のお薬のおかげで、咳もずいぶんとおさまりました。どうぞもう、ご懸念なく」

十四郎の見舞いを膝を揃えて断るのであった。

十四郎は、尾州屋から勧められていた奉公も白紙になったゆえ、あとは養生をして病気を治してから次のことを考えれば良いのだと諭し、何かあった時には連絡をくれるよう言い置いて、野江の長屋を引き上げた。

——あとは、十四郎の裏長屋の住人で鋳掛け屋の女房おとくに駄賃を渡して、時折野江の様子を見にやればよい。

そう思った。

十四郎にしても、一人住まいの女のところに足繁く通うのは、大いに抵抗があったのである。

不純な気持ちはない。だが他人からみれば男と女、余計な詮索をされては、野江にも迷惑がかかる。

十四郎のしてやれることは、江口鉄之助のその後の消息を摑んでやることである。

——柳庵から聞いた肥後菖蒲の一件、調べてみるのも一計だ。

そう思っていたところへ、

「万寿院様のところにお出かけ下さいませ。肥後菖蒲をご覧になれます」

と福助がやってきたのだ。

福助の話では、どうやら柳庵が万寿院の脈をとりに行った折、肥後菖蒲の話が出て、十四郎は実見したことがないらしいと万寿院に告げたところ、それならという万寿院の意向で、肥後菖蒲の絵と対面できることになったということだった。

確かに肥後菖蒲は美しい。肥後菖蒲の一株に奔走する大名の姿は、一見太平の世を象徴しているかのようにも見える。だが見方を変えれば、菖蒲一株の値打ちが藩の利害と繫がるという一面は、かつて戦国時代に『御茶湯御政道』と称されて、利権や地位を得るために、茶道具に固執した大名の姿が重なって見えてくる。

将軍家斉は、花の妍《けん》を競わせるとみせて、自身への忠誠を競わせているのではないか。花はただの花ではなくなっているのだと思った。

「いかがでございましたか、花菖蒲は」

お登勢は、十四郎の顔を見るなり聞いてきた。

どうやらお登勢には、十四郎が野江のことで動いていることが知れているらしい。

「それにしても、水臭いではありませんか」

お登勢は、珍しく恨みがましい物言いをした。

「いや別に、どうということもないのだが、縁切りの話ではないだけに、お登勢殿には話しにくいと思ったまでのこと」

「でも、十四郎様には私どものお仕事をお願いしている訳ですから、他にご用ができた時には、遠慮なく言っていただかないと、私も困ります」

「むろん、こちらの仕事があれば当然お引き受け致す」

「そういうことを申し上げているのではございません。私もお手伝いできるかもしれないではありませんか。お松や柳庵先生からもいろいろと聞いておりますが、肝心のあなた様からは、何もお聞きできないでいるなんて、いったい、どういうことでございましょうか」

「だからそれは、お登勢殿に迷惑をかけてはと……」

「嘘ばっかり」

「嘘」

「そうでございましょう。私に紹介するのは気がすすまない……そういうことではございませんか」

「何」

いつにないお登勢の強い口調に、十四郎は啞然とした。

「綺麗なお方だとお聞きしています」

お登勢は、きっと十四郎を見て言った。

十四郎は苦笑した。すると、その苦笑が気に入らなかったのか、

「このところ毎日野江様の長屋をお訪ねとか。十四郎様は野江様に格別の思いを

かけられているのではないかと噂する者もございます」

「誰がそんなことを言ったんだ」

十四郎はむっとした。

「お登勢殿、俺は仕官を餌に利用された江口殿のこと、人ごととは思えんのだ。浪人の心を利用するこずるさを、許せぬという気持ちがある」

「それならなおさら、私もお役に立てるかもしれません。そう申し上げているのです。これが十四郎様でなく藤七だったとしても同じことです。私たちは、縁切りの仕事以外は関係ないことだと素知らぬ顔のできる仲ではないと心得ておりましたが……」

「分かった、分かった……他意はなかったのだ、許せ」

十四郎はお登勢の言葉を遮った。

——十四郎様のためにお役に立ちたい。

それはお登勢の、偽りのない心だった。

だが、お登勢が十四郎から聞いた野江の長屋をお民を連れて訪ねた時、お登勢は野江の顔を見た瞬間、激しい動揺を覚えていた。

──十四郎様の許嫁だった雪乃様と、面差しが似ているのではないか。

咄嗟に思った。

昨年の春、八名川町《やながわちょう》の帳屋『美濃屋《みの》』夫婦の縁切りの仕事を請け負ったが、その時、美濃屋治兵衛《じへえ》が年甲斐もなくはまった女が、身分を隠して深川の女郎宿に勤めていた雪乃だったのである。

治兵衛の相方が雪乃とは知らぬ十四郎は、治兵衛に頼まれて、金を持ってその女に会いに行ったのである。

そして、その女が雪乃だと知った時、十四郎は正体不明になるほど酒を飲んだのである。

お登勢はその時、金五から雪乃の話を聞いていた。

雪乃は、夫が仇討ちを果たした翌日に自害して果てたが、十四郎の心の中には、ずっと不運の道を歩み、最後には自害しなければならなかった雪乃への想い、不憫な女への思いがきっと今もどこかに残っている筈である。

お登勢はむろん、雪乃に会ってはいなかったが、金五からの話を聞いた限りでは、楚々とした美貌の持ち主だったのだと想像していた。

雪乃が自害したこともあって、その後、思い出すこともなかったのだが、目の前にいる野江を見た時、お登勢は金五から昨年聞いた雪乃とそっくりではないかと思ったのである。

――だから、十四郎様は、私には内緒にしたかったのかもしれない。

お登勢は、自分の心の隅にあった不安が、的中したような感じがした。

とはいえ、野江は、行方知れずになっている江口鉄之助の許嫁である。余計な詮索はするまいと考え直して、お登勢は野江に言葉をかけた。

「本日は手近にあるものをお持ちしましたが、どうぞ必要なものがあればご遠慮なく、橘屋にお使いをよこして下さい。時々はこのお民をこちらによこしまして、お顔のいろも拝見させます。お民になんでもお申し付け下さってよろしいのです」

話しているうちに、いくらか平静になっていくのが、お登勢には知れた。

「お登勢様とおっしゃいましたね」

野江は白い顔を、お登勢に向けてじっと見た。

「はい」

「塙様にも申し上げましたが、どうぞご懸念なく……私、もう大丈夫でございますから、そろそろ仕事もと存じまして、今日は日本橋の方まで参りまして、お針の仕事を頂いて参りました」

野江は、部屋の奥に置いてある風呂敷包みをちらりと見遣った。

「江口様のことはもう……忘れます。忘れて、しっかり生きていかなくてはと思っています」

寂しげに呟いた。

「そのことでしたら、十四郎様も今調べていらっしゃいます。今少し気長にお待ち下さいませ。もう少しの辛抱でございます」

お登勢はつい慰めの言葉をかけた。

江口の消息が知れる気配は今もない。しかし目の前にいる失意の人に、他に言葉のかけようがないではないかと思ったのである。

「お登勢様……お登勢様はお幸せでございますね」

野江は、ふと呟いた。

「塙様のようなお方が傍におられて、羨ましく存じます」

「野江様……」

ひたと見詰めてきた野江の瞳を、お登勢は切ない思いで見返した。

五

行徳《ぎようとく》河岸に人足の遺体が上がったという噂が、橘屋に聞こえてきたのは、比較的暖かい朝だった。

暖かいといっても、昨日まで吹き荒れていた風がおとなしくなったというだけで、長屋の井戸端の釣瓶《つるべ》には、相変わらず氷が張りついていたし、体感温度がそう感じるだけで、寒さはまだまだ冬真っ直中の昨今である。

府内では、年中どこかで事件は起きている訳で、市井《しせい》の者たちがいちいちそれに反応して噂が広がるということもないのだが、このたびは、遺体が丸裸で、男の急所を晒したままで死んでいたことから、人の関心を呼んだようで、噂は瞬く間に三ツ屋を経由して橘屋に飛んできたようだった。

三ツ屋に話を持ち込んだのは、偶然遺体の検分をしているところに出くわしたという三ツ屋出入りの魚屋だった。

魚屋の話によれば、遺体には刺し傷があり明らかに殺人だったというのだが、担当した南町の同心は、人足が無宿人《むしゆくにん》だったことから、すぐさま、ただの喧嘩ということで処理したというのであった。

なぜ遺体が裸だったのか、橘屋の女中たちも興味津々のようだった。

そこへひょっこり、喜の屋の酌婦、お辰が十四郎を訪ねてきた。

「塙の旦那に、相談に乗っていただきたいことがありまして」

お辰は、青い顔をして言った。

お辰には、留次とお栄夫婦の仲を元に戻した折に、一役買ってもらっている。

橘屋としても借りがあった。

「どうぞ、そこではお寒いですから、上にお上がり下さいませ」

お登勢も気を使って勧めるが、お辰はここでいいのだと言い張って、上がり框に腰掛けた。

「じっとしていられないんですよ、旦那。あたし、恐ろしくって、今に何か起こるのではないかって。それで旦那にね、助けていただけたらと思ってさ」

「分かった、話してみろ」

十四郎はお登勢と並んで、そこに座った。

「実は、今朝、行徳河岸で上がった死体ですが、あたし、あの人知ってるんです」

「何」

「喜久蔵《きくぞう》さんっていうんですが、うちの旦那のところに何度もやってきてた人なんです」

「うちの旦那？……そうか、この間の」

「はい。一緒に暮らし始めて半年になります。で、喜久蔵さんとうちの旦那とはですね、去年の暮れぐらいから何度も会っていたんですよ。二人が何を話していたのか、あたしそんなことは知りません。知りませんけど、いつも怖い顔をして話していました。喜久蔵さんが殺される前の晩にも夜遅く、あたしの長屋に訪ねてきたんですよ、喜久蔵さん」

「お辰、お前は二人がどんな用向きで会っていたのか、本当に知らないのか」

「知りませんよ。変なこと聞けば、あの人、あたしの傍から消えるんじゃないかって。だから今までは知らんぷりしてたんですもの」

「ふむ……ところが、喜久蔵が殺されて怖くなったと、そういうことか」

「はい。うちの旦那も喜久蔵さんのように殺されるんじゃないかって」

「なぜそう思うのだ」

「勘かな……あたしの勘……。あの人があたしの前に現れたのも偶然だったけど、何かしらあの人は、おもたァいもの、引きずっているように思うんです。あの人の肩から胸にかけて、つい先年受けたような刀傷もありますし」

「ふむ。訳ありの浪人だということか」

「ええ。ねえ、塙様。あの人に知られないように、あの人の用心棒、お願いできませんでしょうか」

「なるほど、そういうことか」

「あたしね。あの人の心の中には、他の女の人が住み着いているって分かっているんです。いつかはあたしは捨てられる。でも、ほうってはおけないんです」

お辰は、寂しそうに苦笑した。

「十四郎様、先だっては、こちらがお世話になったんですもの。しばらくお辰さんの願い、お受けしてあげて下さいませ」

お登勢は、殊勝なお辰の心根に、動かされたようだった。

「ありがとうございます。塙の旦那にお引き受けていただけたら、あたしも安心して店に出られます」

お辰はほっとした表情を見せた。

「お辰」

「はい」

「その旦那だが、俺が引き受ける限りは、直接会って話がしてみたいが、どうかな」

「さあそれは……なにしろ鉄之助さんは、半年も一緒に暮らしているあたしにも、なんにも話してくれないような人だから」

「おい、今なんて言った……旦那の名前だ……鉄之助と言ったのではないか」

「はい。江口鉄之助様とおっしゃるんです、あたしの旦那」

お辰は、柄にもなく照れ笑いを浮かべると、俯いた。

「江口鉄之助……」

十四郎は絶句した。まさかとは思うが、ひょっとして野江殿の許婚ではないのか。いや、そうに違いない。

――でもなぜだ。なぜ、江戸に帰ってきていて、野江殿の前に現れないのだ。

「十四郎様」

お登勢の緊張した顔が見詰めていた。

十四郎はすぐにお辰に案内させて、田原町《たわらちょう》の裏長屋に、昼間は家の中に潜んで暮らしているという江口を訪ねた。

江口は、真っ昼間から表戸に心張り棒をかっていた。

「あんた……旦那……あたしよ」

お辰が戸口から押し殺した声をかけると、しばらくして心張り棒を外す音がして、左手に刀を提げた険しい顔の浪人が戸を開けた。

浪人は、やはり飲み屋『喜の屋』で留次を表に放り出した、あの浪人だった。

「江口、鉄之助殿でござるな」

十四郎が名を言った途端、江口はすっと顔を凍らせて、刀の柄に手をやった。

「あやしい者ではござらん。このお辰に頼まれてやってきた塙十四郎という」

「用はない。帰ってくれ」

「あんた、そんなこと言わないで。塙様に来てもらったのは、鉄さんを守ってほしいからなんですよ」

お辰は必死な顔で訴えた。だが江口は憮然として言った。

「いらぬこと。帰れ」

「帰れと言われれば帰ってもよいが、野江殿がどんな思いで暮らしているのか、それも聞きたくはないと申されるのか」

十四郎は、ずいと踏み込む。

「何……野江だと」

「そうだ。野江殿の現状をみるにみかねて、俺はおぬしの消息を調べていた。まさか江戸に帰ってきていたとは……こちらもおぬしには伝えたいことがある」

「分かった。入ってくれ」

江口は体をひいて、十四郎を中に入れた。

「お辰、すまぬが二人だけにしてくれぬか。何、お前の心配を江口殿が分からぬ筈はない。案ずるな」

十四郎はお辰を外に追い出した。

江口が命と信じているお辰が、野江という許嫁が、すぐそこの府内の裏長屋で暮らしているなどと知ったら、卒倒しかねない。真実を知らせてやるにしても、もう少し状況を見てからでも遅くはないと考えたからである。

お辰は素直に頷くと、すこし早いけどお店に出てきますから、お茶もさしあげずにごめんなさいね、などと断りを入れて出かけていった。

十四郎は、なぜお辰が橘屋にいる自分に助けをもとめて訪ねてきたのかを、まず説明した後、野江の窮状を伝え、なぜこのような状況になったのか、説明してほしいと江口に詰め寄った。

「野江殿にしても、おぬしとしても、このままほうっておいてよいという訳はあるまい。男の責任において、きちんと説明してやるべきではないのか」

「塙殿。野江殿には、私は死んだと……肥後で死んだらしいと、そう伝えて下さらんか」

「何故だ……その訳を申せ。野江殿は他に頼るものなどいないのだぞ。父御の市左衛門殿も死ぬまでおぬしの消息を知ろうと尽力し、悲憤を抱いたまま亡くなられたと聞いた。野江殿はおぬしの帰りを一日千秋《いちじつせんしゅう》の思いで待っているのだ。その野江殿に理由も言わずに、ただ死んだことにしてくれなどと、俺は言えぬ」

「塙殿……」

江口は、苦しげな声を上げた。

「俺はもはや、野江殿の前に出られるような人間ではないのだ。俺の手は汚れている。仕官どころか、今は追っ手をかけられ命からがら逃げている。野江殿を幸せにはできぬ。他の男と一緒になって、幸せを摑んでほしい、そう願っているのだ」

「待て、まず話を聞こう」

十四郎は厳しい顔で、じっと見詰めた。

江口はしかし、口をつぐんだまま、しばらく逡巡《しゅんじゅん》しているようだった。

足早に過ぎていく冬の陽射しが、三和土《たたき》に影を落としていくのを十四郎は見るともなしに見詰めていた。

「塙殿」

やがて江口が、決心したように顔を上げ、口を開いた。

「一昨年の秋でした。私は出入りしていた口入屋『相模屋《さがみ》』から、仕官を望んでいる浪人には、うってつけの仕事が入ったと聞いたのです」

仕事は尾州屋から出されていて、相模屋も仕事の中身については聞いていないという事だった。

相模屋は直接尾州屋に会って決めてくれればいい。受けるか受けないかの結果だけを報告してくれれば良いのだと言った。

そこですぐに鉄之助が尾州屋に出向くと、仕事は西国、肥後だという。

しかし、その時仕事の詳しい内容は、尾州屋も明かさなかった。

ただ、尾州屋は、うまく事が運べば、陸奥国の山崎藩への仕官が必ずできるのだと言った。

仕事の内容に不安がなかった訳ではないが、野江を幸せにしたいと思っていた江口は、尾州屋の話を受けた。

尾州屋の廻船に乗船し、肥後国熊本《くまもと》藩に入ったのは師走に入ってすぐだった。

江口が、仕事の内容を聞いたのは、その直後であった。

廻船に乗船していた尾州屋の番頭和兵衛《わへえ》がその任に当たっていたらしく、湊のとある料理屋の小座敷で、人払いをした上で告げたのである。

ただし、小座敷には江口の他にもう一人、才次郎《さいじろう》という町人が座っていた。

「番頭の話は、熊本藩から肥後菖蒲の株を盗むことだったのです」

江口は苦しそうに言い、言葉を切った。

「やはりな」

「遠い西国まで、はるばるやってきて盗みをしろなどと……」

「しかし、断れなかった。そういうことだな」

「はい。番頭に言われたのです。盗みだと思うからできないのだと。山崎藩の密命を帯びている隠密だと考えればいいのだと」

「ふむ」

「私は、目の前にぶら下がっている人参が欲しいばかりに、その仕事を請け負いました。その時に、江戸への帰りの船に乗れるのは翌年の三月だと言われました。それまでに必ず盗み出せと、一日の猶予もないのだと、条件をつけられました」

江口と才次郎は、町の外れに仕舞屋《しもたや》を借り、江戸から運んでいた小間物などを店に並べて、商人を装った。

驚いたのは才次郎がもと盗賊だったことである。

二人は翌日から、肥後菖蒲の偵察を始めたのであった。

そこで分かったのは、肥後菖蒲は寸志御家人《すんしごけにん》と呼ばれる侍集団が囲い屋敷をつくって、そこで密かに栽培しているということだった。

熊本藩の寸志御家人とは、裕福な百姓が金品を藩に上納することで侍株を買った者のことで、郷士《ごうし》よりも格の低い侍のことをいう。

熊本藩では財政の逼迫《ひっぱく》を回避するために、多額の金品を納めさせる代わりに、苗字帯刀《みようじたいとう》を許したという事情があり、寸志御家人の階級は十七段階もあったのである。

これらは雨中でも傘を差すことも許されぬ者も多くいて、そういった下級の寸志御家人たちが、より高い地位を得るために考え出したのが『肥後六花《ひごろつか》』の栽培だった。

肥後六花とは、花菖蒲、椿、菊、芍薬《しやくやく》、朝顔、山茶花《さざんか》のことである。

特に花菖蒲については、将軍家斉の御墨付きを頂いて以後は、他藩に流れ出ぬように、厳重な警護のもとで栽培され始めたのであった。

仮に、他藩に所望され、どうしても断れない場合は、根株に熱湯をかけて、翌春絶対芽吹くことのないように処理してから渡すといった注意深さであった。

江口が村外れの囲い屋敷を見聞したところによると、塀のぐるりに見張り小屋が幾つも建っていて、昼夜にわたって警護がなされ、しかも塀は高く、とても外部から忍び込めるような代物ではなかったのである。

正月を迎えたある日、才次郎が自分が夜半《やはん》に忍び込んでみると言い出した。

才次郎には江戸に喜久蔵という大工をやっている弟が一人いる。その弟には借金三十両があるが、全て兄の自分が放蕩《ほうとう》の末につくったものであり、喜久蔵には苦労をかけてきた。

兄一人弟一人、才次郎はそれをいいことに、ずっと弟に迷惑をかけて生きてきたというのであった。

しかし、最近になって、どうもその弟に好いた女がいることを才次郎は知った。一刻も早く借金を返し、二人の門出の祝い金も渡してやりたい。いままで黙って兄を支えてくれた弟のために、こんどこそ兄らしい心配りをしてやりたいと、それで尾州屋から仕事料五十両で請け負ったというのであった。

「あっしは生きていたってしようのねえ男なんでさ。ですから旦那、あっしが塀の外まで必ず運んでまいりやす。旦那はそれを尾州屋まで運んで下せえ。あっしが屋敷に忍び込んで半刻たっても塀の上に現れなかったその時には、あっしの命はとられたと、そう判断して下せえ。そして、江戸に帰った時には、ふがいないあんちゃんだったと、弟に伝えて下せえ。尾州屋は、もしも失敗して命を落とすことがあったとしても半金は出す、そう約束してくれています。お手数をおかけしますが、その方もよろしくお願いいたしやす」

才次郎は店を出る直前に、そんなことを言い残して、囲い屋敷に忍んで行ったのである。

ところが、屋敷に入った才次郎は、二度と塀の外に姿を見せることはなかったのである。

江口は一刻ほど囲い屋敷を見張っていたが、諦めて引き返した。

翌朝、才次郎は村外れの小川の中で死体となって発見され、危険を察知した江口は店をすぐに引き払って、町場の長屋に移り住んだ。

寸志御家人もにわか武士、さして剣術に長けているとは思われないが、江口一人乗り込んで勝てるとは思えなかった。

そんな折、番頭の和兵衛がひょっこり現れたのである。

「江口様。時間がございませんよ。囲い屋敷に通う女におつねという女がおりますが、その女を籠絡《ろうらく》してみてはいかがでしょうか。あれだけの警護です。それしか、方法はないと思われます。一月半後には船が着きます。お待ちしております」

和兵衛は言うだけ言うと、立ち去った。

――この俺に、女を騙せというのか尾州屋は……。

江口は悩んだ。だが、気がついた時には、おつねの姿を追っていた。

おつねは近隣の百姓の女房だった。囲い屋敷の賄《まかな》いをして、日銭を稼いでいる女だった。

江口が、おつねを誘い出すまでには、さほどの時間もかからなかった。

田舎の純粋な若い百姓女は、江口と体の関係ができてしまうと、三日にあげず、江口の体を求めて訪ねてくるようになったのである。

おつねの亭主が病持ちで、長らくおつねに触れていなかったことが、江口には幸いしたようだった。

「おらをお前さんの女房にしてくれ。いいや、お妾さんでもいい。一緒に連れていってくれ」

おつねは、江口の腕の中で、切ない声で囁いた。

「お前が本気なら、そうしてやる」

「ほんと」

おつねは、嬉しそうな声を上げた。

「本当だとも。お前が一つ、俺の言うことを聞いてくれれば、明日にでもこの土地を離れることができるのだ」

江口はそこで、おつねに肥後菖蒲の株を盗んでくるように頼んだのである。

数日後のことであった。

おつねは、肥後菖蒲の株を懐に入れて、江口のところに走ってきた。

だが江口は、菖蒲の株を引き取ると、おつねを置き去りにしようとしたのである。

「おらを騙したのか。そうだな、おらを騙して、その菖蒲を……そんなの嫌だ。おらも一緒に連れていってくれ」

おつねは江口に縋って泣いた。

「分かった。ではこうしよう。俺は一足先に、湊にある尾州屋の蔵まで走る。お前は後から来るんだ。二人一緒では人目につく」

「いやだ。おらも一緒に行くだ」

「おつね」

江口はおつねの口を塞ぐと、鳩尾《みぞおち》に一撃を当てた。

おつねが気を失ったすきに、番頭の和兵衛が待っている湊の蔵に走った。

「ご苦労様でございました」

番頭の和兵衛は、ぎらぎらした目で菖蒲の株を受け取ると礼を述べた。だが次の瞬間、一変して、

「先生方、このお方の始末をお願いしますよ」

蔵の外に控えていた浪人に告げた。

江口は、一瞬にして抜刀した浪人どもに囲まれたのであった。

「騙したな、和兵衛。仕官を世話すると言ったではないか」

「確かに、主はそのように申したようでございますが、しかし、江口様は人ひとり殺してしまいました。今頃はお尋ね者になっていることでございましょう。そ

んな人を仕官になぞ推薦できる訳がございません」

「馬鹿な。俺は誰も殺してはおらぬ」

「おや、そうですか。おつねは死んでおりましたよ」

「何……おつねには当て身をくらわしただけだぞ」

「私どもが始末させていただきました」

「和兵衛……」

「あなたはずっと見張られていたのをご存じなかったようですな。尾州屋の名を出して、あなたはおつねを説得しようとしましたね。それでは困るんですよ。私どもは、これからもこの国で商いをしなくてはなりません。おつね殺しで、町方に代わって成敗させていただきます」

「卑怯な奴。許せぬ」

江口は、斬りかかってくる浪人どもの刃を躱し、しゃにむに斬り開いて、熊本藩を這《ほ》う這《ほ》うの体《てい》で出た。

昨年の夏、ようやく江戸にたどり着いて才次郎の弟喜久蔵に会い、才次郎の遺言を告げた時、喜久蔵は泣いた。

やがてその顔を上げた時、喜久蔵は兄の仇を討ちたいと言ったのである。

尾州屋は抜け荷をやっているという噂がある。きっとその証拠を摑み、奉行所に訴えてやる。喜久蔵はそう言い置いて走り去った。

喜久蔵は、まもなく、尾州屋の人足となって入り込んだのであった。

「私も喜久蔵と同じ気持ちでした。尾州屋の悪を裁き、せめて一矢報いたいと考えておりました。野江殿のもとに帰らなかったのは、むろん仕官どころではなくなったということもありますが、そういう事情です。特におつねを、女一人を騙して死なせてしまったという事実は重く、生涯私の胸から離れないと……」

江口は、苦しげな溜め息をついた。

「で、尾州屋の抜け荷の証拠は、摑んだのですな」

「はい。喜久蔵が、荷揚げの荷の中からこれを……」

江口は、懐から油紙の包みを出した。

「朝鮮人参です。喜久蔵が殺される前の晩に私に渡してくれたものです」

十四郎の膝近くに突き出した。

引き寄せて包みを開くと、朝鮮人参が一つ、入っていた。

「喜久蔵の話によれば、抜け荷を運んできた船は、河岸手前で数回船の腹を木槌《きづち》で打って合図しているようです。尾州屋の河岸にある蔵は二つ、その一方に抜け荷の品を保管しているものと思われます。抜け荷の品は、この人参などの薬種の他にも、琉球《りゅうきゅう》経由で密かに様々な品が運ばれているということでした。そうして集めた抜け荷の品を尾州屋は、また廻船に乗せ、諸国に売り捌いているようです」

「ところがその喜久蔵まで殺された」

「はい」

「いかがなさるおつもりか」

「…………」

「まさか、この包みを盾に、一人で斬り込むつもりではござるまいな」

「…………」

「もしそういうことを考えているのなら、いま少し待たれよ。尾州屋が抜け荷をしているのなら、奉行所を動かして現場を押さえればよいことだ」

「しかし……」

「おぬしは、野江殿のもとに帰るべきだ……帰ってやれ」

「…………」

「後は俺に任せろ」

「いや」

江口は、十四郎が取り上げようとした油紙の包みを手前に引き寄せた。

「塙殿のお気持ちは有り難いが、私は私のやり方でやる。私が事情をお話ししたのは、野江殿に私のことは諦めるように伝えていただきたかったからです。塙殿の加勢が欲しくて話したのではございません」

「江口殿」

「私には人としてしなければならぬ償いがあります。仲間の恨みがあります。町方に委ねてよしとする訳には参らないのです」

江口は言った。江口の顔には、並々ならぬ決意が見えた。

――しばらく時間を置いて、もう一度説得してみるほかあるまい。

十四郎は、夕闇に包まれた路地に出た。

だが、十四郎が長屋の木戸を出て、ふっと何かの気配に気づいて振り返った時、黒い影が三つ、長屋に走り込むのが見えた。

――しまった。

十四郎も木戸に走った。長屋に駆け込んだ時、薄闇の江口の家から、刀の撃ち合う音が聞こえてきた。襲った者も、江口も無言で撃ち合っているようだった。

「江口殿」

十四郎は飛び込んだ。同時に影は、十四郎を突き飛ばして走り抜けようとした。

影は浪人三人だと、咄嗟に分かった。

「逃がさん」

十四郎の一閃が、影の一人の腕を斬った。次の一撃を加えようとしたその時、

「塙殿……」

江口の苦悶の声が、灯のない闇の中から聞こえてきた。

「江口殿」

十四郎は慌てて灯を入れた。

江口は、首から肩にかけて斬りさげられて、俯せに倒れた畳の上にはおびただしい血が流れていた。

「しっかりしろ」

抱き上げた十四郎に、江口は切れ切れに言った。

「野江殿を……頼む」

それで江口はこと切れた。だが江口は懐の中にしっかりと、油紙の包みを隠し持っていたのである。

――雪が……。

十四郎は、闇の中に散る白い雪を見上げていた。

「降ってきましたね」

十四郎の傍に蹲る藤七が呟いた。

江口が斬り死にしてから三日、十四郎は小網町の尾州屋の蔵前で藤七とその時の来るのを待っていた。

尾州屋には日々、膨大な量の菰に包まれた品が運び込まれる。

いずれも廻船で江戸湾の沖まで運ばれてきて、そこから伝馬船で川を上って蔵まで運ばれる。

廻船の到着次第では、蔵に運ばれるのが夕刻になることもあるようだが、今日は様子が少し違った。

昼間は静かだった蔵の前の船着き場に、夕刻になって俄かに人足が集まり始めたのである。そればかりか、浪人三人が見張りに立った。

浪人の一人は、肩から白い布で腕を吊っていた。

――あの時の男だ。江口を襲った浪人どもだ。

十四郎は藤七に頷いた。

「気づかれぬようにな」

「はい」

藤七が後ろの闇に消えるとすぐに、十四郎は腰を落として柄頭《つかがしら》を上げた。

雪は頭にも肩にも降り注ぎ、髷《まげ》が濡れ、小袖が湿っていくのが知れた。

身動ぎもせず待つこと半刻、川下から伝馬船が上ってきた。

船は二隻。蔵前に近づくと、木の棒で船の脇腹をこつこつと打った。漁師が魚を追い込むような音だった。

すると一斉に人足たちが出迎えた。

荷は、浪人監視の下に次々と運び込まれた。

やがて、人足一同が引き上げていった時、差し向かいの尾州屋から主の総五郎が姿を現した。

浪人が差し出す灯の光を頼りに、尾州屋は蔵に入った。

――今だ。

十四郎は蔵に走った。

蔵の前で見張っていた浪人一人を打ち据えて、蔵の中に押し入った。

「誰だ」

浪人の持つ灯が、十四郎に向けられた。

「尾州屋総五郎、抜け荷の証拠、しかと見たぞ」

「お前様は……」

と言った総五郎の顔が、驚愕した。

「覚えていたようだな、尾州屋。お前は、江口鉄之助に、仕官させてやるなどと欺《あざむ》いて肥後菖蒲を盗ませた。そしてそれを山崎藩に己の手柄として渡したのであろう。山崎藩の御用達の権利を得るためだ。俺の調べで分かっておる。そればかりか、お前は利用した者すべてを殺した。才次郎、おつね、喜久蔵、そして江口鉄之助……殺された者たちが、お前をあの世で待っているぞ」

ずいと出た。

同時に尾州屋が絶叫した。

「先生方」

十四郎は飛び退いて、表に走った。

後ろから抜刀した浪人が飛びかかってきた。

一閃、十四郎は襲いかかってきた浪人の刀を撥ね上げると、尾州屋の店から零《こぼ》れる灯の光を背にして立った。

雪が十四郎と、十四郎に相対する浪人三人に降りかかる。

十四郎は、八双《はっそう》に構えて立ち、僅かに足を踏み込んだ。誘いだった。すると、案の定、右側の浪人が突いてきた。

十四郎はくるりと向きを変え、同時に相手の剣を撥ね上げると、返す刀で胴を薙《な》いだ。

浪人は一声、苦悶《くもん》の声を発しただけで、静かに倒れた。

「おぬしたちに用はない、引け」

きっと二人の浪人を交互に見やる。

「引かぬのなら、斬る」

十四郎は、右に左に飛び込んで、肩を斬り下げ、頭を割った。

「ひえっ……」

尾州屋は、蔵に駆け込んだ。

「待て」

十四郎が走り込む。

「お武家様、塙様、あなた様のおっしゃる通りでございます。どうぞご勘弁下さいませ」

尾州屋は手を合わせた。

「尾州屋、お前の悪行、奉行所にて神妙に白状するな」

「はい。おっしゃる通りに……命だけはお助け下さいませ」

尾州屋は手を揉み、平伏して許しを乞うた。これが悪行の数々を重ねてきた男かと、十四郎が目を逸らした時、

「死ね」

突然、隠し持っていた匕首で突いてきた。

素早く躱した十四郎は、尾州屋の喉元にぴたりと刀の切っ先を当てた。

「尾州屋、その匕首で菰の紐を切れ」

「へっ」

「菰の紐を切って、己自身で抜け荷を検《あらた》めよ」

尾州屋は、言われるままに、そこに積んである荷の紐を切った。

「中身を出せ」

尾州屋は、震えながら、菰の中の荷を出した。

人参、唐織物、陶器……おびただしい数の抜け荷の品が、尾州屋の手によって

並べられた。

「塙さん……」

蔵の戸口に、藤七から知らせを受けてやってきた北町与力松波孫一郎が、配下の同心数人を引き連れて立っていた。

「よう、来たか……まあ、座ってくれ」

金五は、十四郎が座るなり、盃を取って十四郎に手渡した。

尾州屋が死罪となって、家財一切をお上に召し上げられたと聞いたのは昨日のことだった。

金五から呼び出しがあって三ツ屋の二階の小座敷に上がると、金五は既に来ていて、一人で手酌で飲んでいた。

「何だ、駆け込みかと思ったが、そうではないようだな」

「うむ。おぬしのことだ」

「俺の……」

「そうだ。おぬし、この先、どうするのだ」

「どうするって、何のことだ。奥歯に物の挟まったような言い方はよせ」

「よし、では、はっきり言うぞ。野江殿のことだ」

「野江殿のこと……」

「そうだ。おぬし、野江殿と所帯でも持つつもりなのか」

「馬鹿な」

「何が馬鹿な、だ。俺はおふくろからいろいろ聞かれて困っているのだ」

「金五の母上が……野江殿のことを知っておるのか」

「見たそうだ。おぬしが野江殿と歩いているのを……」

「ああ、柳庵のところへ連れていった時のことだな。野江殿があんまり遠慮するものだから、むりやり連れていったのだ」

「それだけか」

「何だ、何が言いたい」

「俺は知っている。亡くなったおぬしの許嫁、雪乃殿によく似ていることをな」

「うむ……確かに似ているには似ているが、俺はそんな疚《やま》しい気持ちで、野江殿を見ている訳ではない」

「しかしだな、野江殿の借金、七両も払ってやったそうではないか」

「まだ無理はできぬ体だ。そうするほかないだろう。金五、俺はな、亡くなった江口殿に頼まれたのだ。素知らぬふりはできぬ」

「それ、そこよ……おぬしの心を疑う訳ではないが、もしもだ、もしも、野江殿を妻にしたいと思うなら、そうすればいいじゃないか」

「俺は、一度もそんなことを考えたことはない」

「ふむ……」

金五は、手にあった盃の酒を飲み干した。苦笑した後、話を継いだ。

「いや、実はな。俺は、お前はお登勢と一緒になるのではないかと思っていたのだ。お前もそうだが、お登勢も密かにお前に惚れていると……」

「金五……」

「おふくろは何も知らずに縁談を持っていっているようだが、俺はそう考えていた。千草も、同じことを言っていたぞ」

「……」

「しかしだな、ここにきて、妙な具合になってきた。お登勢だってそうだ。賢い女子だから何も言わぬが、心穏やかではない筈だ」

「お登勢殿は、そんな風には考えてはおらぬ。第一、時々、お登勢殿も見舞ってくれている筈だ」

「馬鹿」

「何が馬鹿だ」

「馬鹿だから馬鹿だと言っている。仮にだ、お前がなんともなくともだ。周囲の者の目にはそうは映るまい。男と女の仲だ、想像を逞しくする。十四郎、できるだけ早く、はっきりさせた方がいいぞ。野江殿のためにも、お登勢のためにも……むろん、お前のためにもだ」

「金五……」

「俺が言いたいのはそれだけだ。後はお前が決着させろ。いいな」

金五はそう言うと、今日は千草が待っているのだと言い、早々に引き上げていった。

十四郎は、お松が運んできてくれた酒を、しばらく一人で手酌で飲んだ。

野江のことは、金五に言われるまでもなく、この先どうしてやればいいのかという迷いが常にある。

野江が亡くなった雪乃に似ていることもあるにはある。その点は金五の指摘は当たっている。

だが、かといって、妻にしようなどと考えたことはない。

ただ、十四郎が江口の全てを野江に語った時、野江は激しく泣いた。十四郎が傍にいるにもかかわらず野江は泣いた。

野江の悲嘆はよほど大きかったとみえ、それまで治まっていた咳がぶり返した。思わず十四郎は、苦しそうに咳き込む野江の背に手をかけた。

その時であった。

「塙様……」

野江は、十四郎の胸に体をぶつけてきた。

その時、野江の白い襟足から立ち上ってきた女の香りに、十四郎は一瞬目の眩《くら》むような思いがしたのである。

野江にしても、十四郎を兄のように信頼した上での行動だったに違いない。一方の十四郎には心身を病んだ儚げな女に対する憐憫の情がある。決して愛とか恋とかいう類いのものでないことは確かである。

しかし、そういうことが何度も積み重なった時、ふっと男と女の感情が起きないとも限らない。

とはいえ、決着をつけろと言われても、行き場所のない野江に、何と言えというのだろうか。

十四郎の胸のうちにいる女は、もう雪乃ではなくお登勢であった。雪乃とのことは、懐かしく切ない思い出となって久しい。

――せめてお登勢にこの心情、分かってもらえたら……。

十四郎は、とりとめのないことを考えていたが、手にある盃の酒を飲み干すと、腰を上げた。

「あら、お帰りでございますか」

お松が、かわりの酒を運んできて言った。

「手数をかけた。また参る」

「橘屋に寄られますか」

「いや、まっすぐ帰る。何か」

「あの、私が余計なことを申し上げては、お登勢様にお叱りを受けるかもしれませんが……」

「何だ。言ってみなさい」

「はい……お登勢様に縁談のお話があるのを、十四郎様はご存じでしょうか」

「いや、知らぬ」

青天の霹靂だった。激しい動揺が声に表れたのではないかと、十四郎はひやりとした。

「そうですか。やっぱり十四郎様には何もお話ししていないのでございますね」

お松は悲しげな顔をした。お松の言葉は胸を刺した。

十四郎は、言いようのない寂しさに襲われたまま、三ツ屋を後にした。

何かは分からないが、争えない力に押し流されていっているような気がしていた。

ふっと三ツ屋を振り返った時、白梅の花と見紛うほどの、凛とした色気を湛えるお登勢の姿をここに見た、いつかの夕暮れ時のひとときが、十四郎の脳裏に鮮やかに浮かんでいた。

二〇〇三年十二月　廣済堂文庫刊

光文社文庫

長編時代小説

冬《ふゆ》　桜《ざくら》　隅田川《すみだがわ》御用帳《ごようちょう》(六)

著　者　藤《ふじ》原《わら》緋《ひ》沙《さ》子《こ》

2016年10月20日　初版1刷発行
2024年7月20日　4刷発行

発行者　三宅貴久
印　刷　大日本印刷
製　本　大日本印刷

発行所　株式会社　光文社
〒112-8011　東京都文京区音羽1-16-6
電話　(03)5395-8149　編集部
8116　書籍販売部
8125　制作部

ISBN978-4-334-77370-0　Printed in Japan

組版　萩原印刷